파트너는 초등학생

히즈키 유우 지음 | 김해인 옮김

소미미디어
Somy Media

목차

파트너는 초등학생

도서관 소녀는 신참 형사와 수수께끼를 푼다

Library "HONNOMUSHI"

프롤로그

후쿠미네 유아의 세계는 책으로 가득 차있다.

유아의 방은 [책벌레]의 구석에 있다.

사설도서관 [책벌레]는 유아의 할아버지가 메이지 시절 지어진 3층 짜리 작은 무역회사 건물을 사들여 개조한 것이다.

1층부터 2층까지 천장이 뚫린 구조의 낡은 벽돌 건물은 이용자도 없이 몇 년간 폐쇄 중이었다. 그는 재산의 대부분을 그곳에 쏟아부어 꿈에 그리던 세계를 만들었다.

벽 한 면을 전부 책장으로 바꾼 뒤 평생 모아온 책들을 전부 책장에 넣었다.

주거용 공간은 3층에 있었지만 2층 구석에도 혼자만의 방을 만들었다.

6조(약 3평)정도로 작은 그 방에는 텔레비전도 오디오 기계도 없다. 그저 할아버지가 혼자 책을 읽기 위해 만든 공간이었다.

다른 사람이 들어오지 못하도록 입구에 잠금장치도 설치했다.

장치를 알고 있는 사람이 아니면 들어갈 수 없는, 비밀의 방이었다.

그가 세상을 떠난 후 방치되어 있던 그 방을 반년 전 부터 유아가 쓰고 있다.

유아의 할머니는 가혹하고 충격적인 사건을 목격한 뒤 일시적으로 실어증까지 겪은 어린 손녀에게 잠시나마 세상을 등지고 틀어박혀 있을 수 있도록 방을 내준 것이다.

(그래도, 계속 이 상태로는 안 돼⋯⋯.)

2층에 있는 할머니의 집과 숨겨진 방을 왕복하는 일상.

책을 읽으며 생활하는 것은 마치 미지근한 온탕에 있는 것처럼 편안하다. 언제까지나 이런 평화로운 생활이 이어졌으면 좋겠지만, 할머니의 따뜻한 품에서 계속 어리광 부려서는 안 된다는 것도 알고 있다.

알고 있으면서도, 좀처럼 밖에 나갈 용기가 생기지 않았다.

내일은, 내일은 꼭.

그런 생각을 하며 겨울을 보냈다.

봄이 찾아와 밝은 햇빛이 내리쬐던 따뜻한 어느 날 아침, 유아는 굳게 마음을 먹고 방에서 한 발짝 내딛었다.

"어머, 유아⋯⋯."

도서관의 접수 카운터에서 일을 하고 있던 할머니가 유아를 보고 놀란 듯 고개를 들었다.

할머니의 집과 비밀의 방은 통로로 직접 오고 갈 수 있어서 유아가 스스로 도서관에 나온 것은 처음이었다.

"어머나, 유아······."

오랜만에 방 밖에서 만난 할머니의 얼굴을 올려다보며 조심스럽게 입을 뗐다.

"신문이랑 책 가지러······."

원래는 그날 읽을 것들을 할머니가 방으로 직접 가져다준다. 그러나 오늘은 스스로 가지러 왔다. 특별할 것 없는 작은 한 발자국이었다.

그러나 할머니는 그렁그렁한 눈으로 고개를 크게 끄덕였다.

"앗, ······응, 맘껏 가지고 가렴. 거기 있으니까?"

할머니는 유아가 스스로 방에서 나온 것을 기뻐했다.

그 감동이 전해졌다.

유아도 기뻐, 엄청 기뻐.

그런데 이 마음을 어떻게 전해야할까.

어떤 말로, 어떤 얼굴로 전해야할까.

생각대로 표현이 잘 되지 않아서 유아는 언제나 답답했다.

심지어 그 때문에 무슨 생각을 하는지 모르겠다고 한숨을 쉬며 다들 유아에게서 멀어졌다.

옆에 있어준 건 할머니 야에코뿐.

"신문은 거기 있어. 그리고 책은 아무거나 좋아하는 걸로 가져가렴."

"고마워……."

야에코는 고개를 끄덕이고 유아를 끌어안았다.

"조금씩 힘내보자."

유아도 고개를 끄덕인 뒤, 곧장 신문 열람대로 향했다.

이제부터는 무언가 읽고 싶을 때는 가능한 한 직접 내려와서 읽기로 결심했다.

지금은 아직 무섭지만, 한 발자국씩 내딛어볼 것이다.

바깥을 향해서.

유아에게 그다지 친절하지 않은 세계를 향해서.

1장 캇페이, 유아를 만나다

7월 5일, 아침.

선배 형사의 전화로 평소보다 이른 시간에 일어난 신묘지 캇페이는 텐진경찰서가 아닌 현장으로 향했다.

웅장한 단독주택이 늘어선 고급주택지에서 살인사건이 발생한 것이다.

장소는 신주쿠 구 미나미 쵸.

피해자는 오기와라 테츠지. 53세. 사립 케이난 대학 교수.

오늘 오전 7시 반 경, 2층에 있는 방에서 가슴에 피를 흘린 채 쓰러져 있는 것을 아내가 발견. 방 안은 어질러져 있었고, 고가의 손목시계와 고액권 지폐 등 값이 나가는 물건들이 없어진 채였다고.

(확실히 부자가 살 법한 집이군…….)

현장에 도착한 캇페이는 피해자의 저택을 대충 훑어보았다.

차고에는 고급 승용차가 2대 세워져 있었고, 대리석 풍 타일이 깔린 현관은 널찍했다.

노란 접근 금지 테이프를 넘어 선배 형사 오쿠무라 에리에게 말을 건 캇페이는, 간단한 설명을 듣고 '흠흠' 하며 고개를 끄덕였다.

"그니까, 강도살인입니까?"

"글쎄, 그렇다고 단언하기는 좀 그렇네."

검은 단발머리를 쓸어넘기며, 오쿠무라는 귀찮은 듯 얼굴을 찌푸렸다.

캇페이보다 4년 먼저 들어온 형사다. 초여름의 더위 속에서도 빈틈없이 정장을 빼입은 모습은 미인이라기보다는 늠름하고 씩씩하다고 하는 게 어울린다.

"피해자 저택의 현관에도 창문에도, 지금 상황에서는 이상한 점이 발견되지 않았어. 즉, 범인은 당당하게 현관으로 집에 들어가서 범행을 저지른 가능성이 있다는 거지."

구두굽 소리를 내며 시원시원하게 나아가는 오쿠무라를 쫓아 걸어가며, 캇페이는 "그렇다는 건⋯⋯" 하고 천장을 올려다봤다.

"자물쇠를 안 잠갔나?"

그 순간, 오쿠무라가 뒤를 돌아 손에 들고 있던 파일로 찰싹 머리를 때렸다.

"그럴 가능성도 없지는 않지만! 보통은 면식범에 의한 범행이라고 생각하지 않니?!"

"아, 그런가⋯⋯."

"그 외에 질문은?"

"딱히 없습니다."

찰싹, 맞았다.

"자세한 건 부검 결과를 봐야 알겠지만, 흉기는 칼이나 칼이랑 비슷한 것. 시체의 상태를 봐서, 아마 사망 추정 시간은 어젯밤 9시부터 11시 정도래."

"넵."

간결하게 대답한 뒤, 급히 메모를 했다. 그 앞에서 오쿠무라는 무언가 생각난 듯 발을 멈췄다.

"……사정청취, 해볼래?"

"그래도 되겠습니까?"

캇페이는 순간 얼굴이 활짝 밝아졌다.

지난 번 청취가 너무나도 엉망이었던 탓에 캇페이는 잠시 사정청취에서 제명되어 있었다.

힘이 넘치는 캇페이와 달리 오쿠무라는 심각한 얼굴로 못을 박았다.

"제대로 안 하면 그 자리에서 걷어차버릴 거니까 잘해."

오기와라 저택의 거실은 외관과 같은 모던한 분위기였다.

15평 정도 크기에 천연 가죽의 흰 소파와 유리로 된 검은 로우테이블, 간접조명과 관엽식물이 놓여있다.

바닥에 깔린 카펫은 페르시안 고양이의 피부를 벗긴 것처럼 털이 길고 푹신했다. 에어컨을 세게 틀어놓긴 했지만 지금 계절에는 조금 덥게 느껴졌다.

여러 명의 경찰관들이 북적대는 정신없는 분위기 속에서 캇페이와 오쿠무라는 피해자의 부인, 오기와라 치카코의 건너편 소파에 앉았다.

먼저 자리를 차지하고 있던 하얀 고양이가 재빠르게 몸을 일으켜 바닥으로 내려간 뒤 '냐아' 하고 짜증내듯 울었다.

캇페이는 수첩을 꺼내면서 그쪽을 슬쩍 쳐다보았다.

"고양이를 키우시네요."

"남편이 키우던 고양이예요."

손수건을 쥐고 있는 치카코가 짧게 대답했다.

나이는 피해자와 비슷한 정도일 것이다. 남편의 시체를 발견해 아직 혼란스러운지, 여전히 잠옷인 채로 가운을 걸치고 있었다.

시체를 발견했던 때의 상황에 대해 질문을 받은 치카코의 신경질적인 시선이 여기저기 흔들렸다.

"언제나 7시쯤에는 일어나서 아침을 먹는데 오늘은 7시 반이 되어도 도통 내려오지를 않아서, 늦잠이라도 자나하고 남편 방을 들여다봤어요. 그랬더니 바닥에 쓰러져 있어서……."

"남편 분이 다른 누군가하고 문제가 있었다거나……."

"몰라요. 같이 살고는 있어도 생활은 완전히 따로 했고, 서로 간섭하는 것도 없었으니까요."

"에, 그래도 보통 어느 정도?"

그녀는 추궁이 지겹다는 듯 내뱉었다.

"모르는 건 모르는 거예요!"

옆에서 오쿠무라가 조용히 속삭였다.

"피해자의 어제 일정."

"……그럼, 남편 분이 어제 뭘 했는지 정도는…….."

"알 리가 없죠. 관심도 없어요. 남편도 외국 학회에 갈 때 빼고는 일정 같은 건 일일이 보고하지 않았어요."

"그렇다는 건…… 어제 남편분의 일정도 파악하고 있지 않았다는 거네요?"

"네. 설마 저를 의심하고 계신 건 아니죠?"

짜증 섞인 목소리로 치카코는 미간을 찌푸렸다.

"아, 아니, 그런 건 아니고…….."

멈칫거리는 캇페이의 옆에서 오쿠무라는 익숙하다는 듯이 대답했다.

"형식적인 질문입니다. 협조해주시면 감사하겠습니다."

"저도 곤란하다고요! 갑자기 이런 사건이 터져서, 구급 차다 뭐다 여기저기 불려다니고, 집에는 경찰들이 왔다 갔다 하고, 잠시도 가만히 있을 시간이 없는데…….."

"죄송합니다…….."

손수건을 꽉 쥐고 신경질적으로 소리지르는 치카코가 두려워져 사과를 연발했다.

"어제 귀가 시간."

"넵……."

수첩을 넘기며 캇페이는 질문을 이어나갔다.

"……어젯밤, 사모님이 집에 돌아오신 건 몇 시쯤이었나요?"

"밤 11시쯤이었습니다."

"그때 남편분의 모습은……."

"못 봤어요. 밤에는 언제나 자기 방에서 안 나오거든요."

"사모님의 귀가 시간은 언제나 그쯤인가요?"

"아니요. 어젯밤은 친구랑 오케스트라 공연을 보고 와서 늦었어요. 오후 6시에 시작해서 9시쯤에 끝났구요. 끝나고 잠깐 차 마시고."

"아, 그렇군요. 그러다보면 뭐 그 정도 시간 돼 있고 그렇죠."

고개를 끄덕끄덕하니 오쿠무라가 캇페이의 다리를 걷어차며, "바보냐!" 하고 작게 중얼거렸다.

"네……?"

혼나는 이유를 몰라 당황하고 있으니, 오쿠무라는 다른 손으로 이마를 짚으며 머리를 쓸어넘기고 직접 치카코에게 질문했다.

"공연을 보러 간다고 누군가에게 말씀하신 적 있나요?"

(아, 그건가?)

캇페이는 속으로 무릎을 탁 쳤다.

그 시간에 치카코가 집을 비운 것을 알고 있는 사람이 또 있는가 없는가.

확인하는 질문에 치카코는 "아무한테도 말 한 적 없어요!" 하고 새된 목소리를 내지른 뒤, 양손으로 얼굴을 감쌌다.

"공연 보러가는 건 이상할 거 없지 않나요?! 클래식 콘서트에 가는 게 뭐가 수상하다고 그러는 거예요! 저는 후회할 만한 짓은 아무것도 하지 않았어요! 남편을 죽일 리가 없지 않냐고요!!"

"앗, 진정하세요……."

흥분한 상대방을 달래기 위해 캇페이는 적당히 장단을 맞춰주었다.

"공연 좋죠! 훌륭한 취미 아닙니까. 저도 클래식 음악 즐겨 듣거든요."

"……뭐, 네."

분노한 뒤 어느 정도 평정을 되찾은 것인지, 치카코가 멍하니 중얼거렸다. 얼마 안 있자 그녀는 감정적인 태도를 보인 것을 부끄러워하는 듯이 어색하게 고개를 들었다.

"……어떤 거?"

"네?"

"클래식 음악, 어떤 거 들어요?"

"아, 저기, 뭐야……."

설마 하던 역 질문에 캇페이는 눈알을 이리저리 굴리며 미덥지 못한 목소리로 말했다.

"피카소……?"

옆에 앉아있던 오쿠무라가 "휴우우" 하고, 이럴 줄 알았다는 듯 한숨을 쉬었다.

"이 바보야! 그 말도 안 되는 사정청취는 대체 뭐야!"

오쿠무라는 또각또각 구두굽 소리를 내며 난폭하게 걸어 현관을 나갔다.

놀랄 정도로 빠르긴 했지만 키가 큰 캇페이는 어렵지 않게 따라잡았다.

곧은 뒷모습을 바라보며 머뭇머뭇 말했다.

"그러니까…… 그렇게 별로였습니까?"

"자각이 없니?! 그 정도면 존경스럽기까지 하네!"

"죄송합니다!"

반사적으로 사과하고 어디가 잘못된 것인지 생각해보았다.

질문이 부드럽게 이어지지 않아서 오쿠무라가 도와준 것이 문제였던 것일까.

피해자 저택을 나온 오쿠무라는 차 문을 열며 험악한 얼굴로 뒤를 돌아보았다.

"너는 돌아가서 수사 회의 전까지 도난당한 시계 사진 찾아놔."

"엇, ……선배는?"

멍하니 질문하자, 홱 째려보았다.

"그리고 피카소는 화가야. 기억해놔!"

"앗……."

실수를 깨달은 순간 눈앞에서 쾅! 큰 소리를 내며 차문이 닫혔다.

"선배……!"

창문에 착 달라붙어 선배를 불러보지만 차는 허무하고 무정하게 출발했다. ……파트너인 캇페이를 그 자리에 놔두고.

"휴우……."

수사 1과에 배속된 지 1개월. 동경하던 형사의 일은 그리 간단하지 않았다.

좋게 말하면 느긋하지만 나쁘게 말하면 단순하고 만사 대충대충인 캇페이는, 치밀하게 증거들을 쌓아 답을 내는 수사가 적성에 맞지는 않다. 지역과의 경관? 흔히 말하는 '순경'이었을 때는 장점이던 낙천적인 인간관계 스킬도 여기서는 도통 실패할 뿐이다.

사수인 오쿠무라는 캇페이의 형사로서의 자질에 대해 의심을 갖고 있는 듯했다.

그녀는 아직 서른 살이 채 되지 않았지만 다수의 큰 사건을 경험한 숙련된 베테랑이다.

처음에 인사를 하던 때에도, "최선을 다해 열심히 하겠습니다!" 기세 좋은 캇페이와는 다르게 "열정만으로 되는 일이 아니야" 하고 쿨하게 대답했다.

그리고 날이 지나면 지날수록, 칠칠치 못한 후배의 모습에 실망하고 있는 것이 느껴졌다.

어떻게든 만회해보려고 하고 있지만, 이 상태로는 좀처럼 기회가 찾아오지 않는다.

태어나서 어찌저찌 25년. 이렇게나 자신감을 잃은 것은 처음이었다.

(도난당한 시계 사진을 찾아 놓으라니, 서에 있는 아무한테나 부탁하면 될 것을?)

그러니까 그 말은, 수사에서 쫓겨났다는 뜻이다.

(그냥 계속 탐문하러 다니는 건 오히려 자신 있는데 말이지…….)

체력과 근성은 자신이 있다. 무엇보다 중고등학교 때는 농구부, 대학에선 검도에 열심이던 뼛속까지 체육인이다.

경찰관 일을 시작하고, 무얼 하든 엉덩이가 가벼운 것이

장점이었다. 그 때문에 상사는 "몸도 튼튼하고 부려먹기 좋겠네."라며 형사 강습을 추천해주었던 것인데.

(뭐, 어떻게든 되겠지.)

무사태평하게 혼잣말로 마음을 고쳐먹은 캇페이는 근처역 '우시고메카구라자카'에 향했다.

카구라자카의 서쪽에 있는 이 근방은 세련된 맨션과 거대한 단독주택들이 즐비한 한산한 주택가였다. 치안도 좋고 대낮에도 차분한 분위기였다.

(일단은 노트북이랑 프린터를 쓸 수 있는 곳을 찾아봐야겠네. 이 근처에 만화카페가 있었나?)

"시원한 바람 좀 쐬고 싶다……."

장마가 끝난 지 얼마 안 되어 기온이 떨어질 기색도 없이 올라가기만 한다. 조금 움직인 것뿐인데 땀이 쉴 새 없이 흐른다. 캇페이는 에어컨을 틀어놓은 가게를 찾아 여기저기 둘러보았다. 그리고 그때.

무언가를 발견하고 발을 멈췄다.

"응?"

시선이 다다른 곳은 [사설도서관 책벌레]라는 간판.

"도서관?"

모퉁이에 있는 벽돌로 지어진 레트로 풍 건물이었다. 레트로 풍이라고 할까, 실제로 꽤나 낡은 건축물인 것 같다. 토

대나 장식에 쓰인 회색 콘크리트 부분은 비바람을 견뎌낸 세월을 이야기하듯 거무스름했다.

(전쟁 전 은행이나 백화점이 이런 느낌 아니었나……?)

텔레비전 방송에서 본 얄팍한 지식을 떠올리며 조촐한 3층짜리 건물의 외관을 올려다보았다. 크기는 비교도 안 되게 작지만 겉모습은 똑 닮았다.

모퉁이를 돌자 구석에 입구가 있고, 나무로 된 문이 바깥쪽을 향해 한쪽만 열려있었다.

닫힌 문에는 '편하게 들어오세요'라고 적힌 보드가 걸려있었다.

사설 도서관이라는 건 개인이 운영하고 있다는 건가?

(도서관이면…… 컴퓨터는 있겠지?)

잘하면 공짜로 쓸 수 있을 것이다.

호기심도 더해져 캇페이는 입구로 발을 향했다. 석조 건물에서 느껴지는 썰렁한 공기가 몸을 감쌌다.

그리고.

"와……."

상상을 뛰어넘는 광경이 눈앞에 펼쳐지자 자기도 모르게 감탄을 뱉었다.

중압감이 느껴지는 초콜릿색 목재로 통일한 내부는 2층까지 천장이 뚫려 있었다. 그리고 1층도 2층처럼 벽이 전부 책꽂이로 되어있었다. 2층은 긴 복도처럼 되어 있고, 세련된 목재 계단으로 오르내리는 구조다. 계단은 위층으로 연결되어 있지만 천장으로 막혀있어 보이지 않는다.

1층의 앞 쪽은 테이블과 의자, 소파가 놓여있고 안 쪽에는 또 책꽂이가 놓여있다.

아직 10시도 채 되지 않아서 그런지, 손님은 테이블에 한 명뿐이었다.

문을 통과해 조금 나아가자 나타난 접수 카운터에는, 안경을 쓴 사십 대 정도의 여성이 시큰둥하게 스케치북에 무언가 그리고 있었다.

묶어 올린 머리를 비녀로 고정한 채, 살짝 목을 감싸는 오리엔탈 풍 블라우스와 앤티크 풍 귀걸이를 하고 있다. 유행과는 조금 다른 독특한 차림의 여성이었다.

캇페이가 카운터 앞에 있는 것도 몰랐던 듯, 가볍게 헛기침을 하자 여성은 깜짝 놀란 듯 스케치북을 덮었다.

"아, 안녕하세요. 들어와서 천천히 둘러보세요."

"굉장하네요, 이…… 어마어마한 양…… ."

1층과 2층의 벽을 가득 채운 책을 둘러보며 감탄했다.

"남편이 생전에 사들였던 거예요. 도저히 버릴 수가 없다고 서고를 증축하고 또 증축해서 보관하게 됐네요."

느긋하게 말하며 눈을 가늘게 뜨고 책꽂이를 둘러보았다.

참으로 사랑스럽다는 눈길에, 캇페이는 '아아' 하고 건성으로 대답했다.

(그렇다 해도, 요즘 세상에 책 읽는 사람은 없지······.)

필요한 정보는 무엇이든 인터넷으로 손에 넣을 수 있는 시대인 것이다. 이렇게 많은 책이 놓여있긴 하지만, 과연 여기를 이용하는 사람은 있는 걸까?

흥미를 갖고 지켜보고 있자니 여성은 "마음껏 보고 가세요." 하고 말을 걸었다.

"아니, 저는······."

"어서요, 어서."

사람 좋아 보이는 그 여성이 서가 별로 책을 분류 해 논 표를 건네어, 떠밀리듯 안 쪽으로 들어갔다.

대충 훑어보니, 컴퓨터는 접수 카운터에 놓여 있는 한 대뿐. 그렇지만 컴퓨터를 쓰려고 왔다고 말할 수 없는 분위기다.

(어쩔 수 없지. 대충 보고 나갈까? 아, 맞다. 손목시계 도록 같은 게 혹시 있다면······.)

분류표를 보며 서가에 향했다.

(실용서적? 아니, 잡지인가······.)

흘긋거리며 걸어가다가 테이블 모서리에 부딪혀 쾅, 하는 소리가 났다.

"아차······."

죄송합니다, 하려는 찰나에 캇페이는 테이블에 앉아있는 사람을 쳐다보았다.

어린아이.

(초등학교······ 저학년 정도?)

얼굴은 한 손으로 덮을 수 있을 만큼 작았고, 찰랑거리는 검은 머리는 가슴 정도까지 내려왔다.

소녀는 멍하게 이쪽을 올려다보았다.

"오, 신문 읽는 거야? 아직 어린데 장하네."

조용한 실내에 큰 목소리가 울려퍼졌다.

눈에 띄는 것쯤은 신경 쓰지 않는다. 캇페이에게 주변 분위기는 그저 느끼는 것이다. 눈치 채고 파악하려는 마음도 없다.

소녀는 원래도 큰 눈을 튀어나올 것처럼 크게 떴다.

뚫어져라 쳐다보는 시선이 조금 신경 쓰였지만 캇페이는 속으로만 갸우뚱할 뿐, 서가에 있는 책등을 살펴보며 중얼거렸다.

"어디 보자, 손목시계 사진이 잔뜩 실려있는 게······ 손목시계 사진 있을까······?"

서가를 올려다보며 걷고 있자니 등 뒤에서 가는 목소리가 대답했다.

"N5."

"응?"

캇페이는 뒤를 돌았지만 소녀는 이쪽을 보지도 않고 등 뒤에서 말했다.

"세 번째 단, 왼쪽에서 일곱 번째 책 〈앤티크 손목시계〉, 여덟 번째 책 〈명품 손목시계 컬렉션〉, 아홉 번째 책 〈손목시계 완전정복〉."

"⋯⋯."

뭐야, 이건?

(혼잣말은 아닌 것 같은데⋯⋯.)

반신반의하며 책장 [N5]로 향한 캇페이의 입이 떡 벌어졌다.

들은 그대로, 책들이 놓여있었다.

"진짜? 진짜 있네! 대단하다?!"

책을 꺼내며 아무 생각 없이 소녀가 있던 곳을 돌아봤다.

"엥?"

거기에 소녀는 없었다.

신문은 깔끔하게 정리 되어 있었고, 테이블에는 아무도 없었던 것처럼 의자도 전부 넣어져 있었다.

캇페이는 1층 안 쪽에 놓인 서가를 쳐다보고 저 그림자 속에 있을지도 모른다는 생각이 들었다.

그러나 지금은 그런 건 어찌되든 좋았다.

〈명품 손목시계 컬렉션〉에, 피해자인 대학교수가 갖고 있던 모델이 실려있는 것을 발견하고 접수 카운터에 가져갔다.

여성은 아까와 같은 모습으로 스케치북을 보고 있었다.

"죄송합니다, 이거 내일까지 빌려도 될까요?"

말을 걸자, 여성은 얼굴을 들어 가볍게 고개를 끄덕였다.

"네. 책 뒤에 대출 카드가 있으니 거기에 이름을 써서 여기로 가져다주세요."

"대출 카드?"

여성은 우후후, 하고 웃었다.

"요즘 사람들은 모르나? 옛날 도서관은 그렇게 했답니다."

"헤에…….."

책의 마지막 페이지에 끼워진 대출카드에는 이미 연필로 누군가의 이름이 쓰여 있었다. 그 바로 밑에 이름을 적어 건넸다.

그리고 살짝 뒤를 돌아보았으나 테이블에도 소파에도 아무도 없었다.

"……아까, 저쪽에 여자아이 있지 않았나요?"

"여자아이?"

"네. 테이블에서 신문을 읽고 있었는데, 갑자기 사라져서…….."

"아아, 제 손녀인 것 같네요. 손님이 없을 때만 가끔씩 나온답니다."

"네? 손녀요?"

놀라서 눈앞의 여성을 빤히 쳐다보았다. 아무리 봐도 손녀가 있을 것 같은 나이로는 보이지 않았지만, 실제 나이는 보이는 것보다 훨씬 많은 것 같다.

나이를 알 수 없는 그 여성은 안 쪽 서가를 쳐다보며 고개를 끄덕였다.

"네. 사정이 있어서 지금은 외출도 사람을 만나는 것도 조금 어려운 상황이라. 이 도서관 안에 있는 방에 틀어박혀 있답니다."

"히키코모리? 그 나이에? 아, 아니……."

말을 뱉은 뒤, 아무리 그래도 무례 했나 싶어 손으로 입을 막았다.

그러나 여성은 신경 쓰는 기색 없이 침착하게 미소를 보였다.

"책 반납할 겸 또 놀러오세요."

다음 날, 캇페이는 범행 현장인 피해자의 집에 방문한 뒤, 도서관으로 향했다.

접수 카운터의 여성은 오늘도 열렬히 스케치북을 보고 있었다. 살짝 보니 만화 같은 그림을 그리고 있는 듯 했다.

캇페이가 가까이 다가가 "저기요⋯⋯." 하고 말을 걸자, 서둘러 스케치북을 닫고 아무 일도 없었다는 듯이 웃었다.

"어, 어서 오세요⋯⋯. 책은 좀 도움이 되었나요?"

"네, 감사합니다."

책을 반납하며 안쪽을 쳐다보니 오늘은 대학생으로 보이는 청년과, 아이와 함께 있는 부모의 모습이 보인다. 젊은 엄마는 아이를 무릎에 올리고 소파에 앉아 그림책을 읽어주고 있었다.

캇페이는 손목시계를 보았다. 서에 돌아가기에는 아직 조금 빠른 시간이다.

"잠깐⋯⋯ 앉았다가 가도 될까요?"

"그럼요. 천천히 있다 가세요."

캇페이는 안 쪽으로 들어가 큰 테이블에 의자를 빼고 앉았다.

인적이 드문 오전의 도서관은 시간이 느리게 흐른다.

"하암⋯⋯."

자기도 모르게 튀어나온 하품을 눌러 삼켰다.

어제부터 철야 작업이 이어진 탓이리라. 이 일에서 밤샘은 드문 일도 아니다.

캇페이는 기합을 넣고, 옆에 놓은 가방에서 수사 자료를 꺼냈다.

지금까지는 천천히 읽어볼 시간이 없었던 것이다.

어제는 그 후, 다른 형사들과 팀을 나눠 도난당한 손목시계를 찾기 위해 전당포를 몇 군데나 돌아다녔다.

적어도 도내에 있는 전당포에 한해서 지만, 아직 전당포에 넘어간 흔적은 없는 것으로 판명되었다.

수사 회의에서는 사망 추정 시각이 밤 10시 경인 것과, 흉기는 길이 10cm 정도의 칼. 아마도 접이식 칼로 추정된다는 검사 결과가 보고되었다.

피해자의 주변을 조사하고 있던 형사에 의하면 인간관계는 업무상의 교류뿐이었다. 도박을 하는 취미는 물론 빚도 없으며, 취미는 고양이와 노는 것과 독서, TV시청 정도라고.

칼을 들고 활보하는 사람과는 연이 없어 보였지만, 그 후 피해자의 컴퓨터를 조사하던 부서에서 유력한 정보를 찾아냈다.

피해자는 한 달쯤 전부터 특정 인물의 이름을 반복해서 검색했었다는 것이다.

가사이 료이치.

"나고야 출생. 만 17살. 고등학교 2학년. 전과 없음. 가족에게 확인한 결과, 현재는 가출하여 행방불명이라고 합니다."

그 보고를 듣자 형사들은 활기를 띠었다.

가족들에 의하면, 부모의 재혼과 동시에 집에 들어오지 않게 되었고, 반년 정도 전에 완전히 자취를 감췄다는 것이다.

더 자세히 조사한 결과, 일주일 전 니시 신주쿠의 한 편의점에서 같은 이름의 절도범이 붙잡혔다는 것이 밝혀졌다.

그 후 캇페이는 오쿠무라와 함께 편의점에 들러 점장의 이야기를 들었다. 그의 말에 따르면, 도둑질을 한 소년은 경찰이 들이닥치기도 전에 도망쳤다고.

"태도도 뻔뻔하고, 어떻게 봐도 불량한 소년이었어요. 눈빛도 안 좋고. 저 혼자였으면 신고도 못 했을지도 몰라요. 다행히도 가라테 유단자인 알바생이 있어서 겨우 잡았는데…… 경찰에 신고하는 새에 도망쳐가지고는."

소년의 이름은 '가사이 료이치'. 한자는 미확인.

나이는 열 일고여덟 살로 보였다고 편의점 점장은 증언했다.

방범 카메라의 영상을 확인해보았으나 사각지대에 있던 것과, 소년을 붙잡았다는 거대한 알바생의 몸집에 가려져 얼굴은 찍히지 않았다.

도둑은 피해자가 찾고 있던 '가사이 료이치'와 같은 소년일까.

애초에 피해자와 가사이 료이치와는 무슨 접점이 있는 걸까??

곰은 토끼에게 말했습니다.

"제발 화해하자. 이 밤을 줄게"

밤은 곰이 보관하고 있던 보물이었습니다.

그래도 토끼는 외면했습니다.

"어떻게 할까. 나는 딸기가 더 좋은데."

(야, 너무 그러지 말고 좀 용서해줘라. 토끼…….)

아이에게 책을 읽어주고 있는 느긋한 엄마의 목소리를 들으며 대답했다.

그러다 불쑥 정신이 들었다.

"……응?"

눈을 뜨자 팔에 얼굴을 묻고 있었다는 것을 깨달았다.

"와, 이거 어쩌지……."

캇페이는 서둘러 몸을 일으켰다.

평소대로라면 3일 연속 밤샘 업무가 계속 되어도 버틸 수 있는 체력인데, 가까이에서 들려오는 책을 읽어주는 엄마의 목소리에 이상하게 마음이 편해진 것인지 모르는 사이에 졸았던 것 같다.

벅벅 머리를 긁으며 캇페이는 다시 서류를 읽으려고 했지만 거기서 얼어붙었다.

무려, 맞은편에 어제 보았던 소녀가 앉아있었다.

테이블 위에 펼쳐 놓은 서류를 작은 손가락으로 짚어가며 열심히 읽고 있다. 캇페이가 펼쳐 놓은 조사 서류를.

"야……."

무심결에 말을 걸자, 소녀는 놀란 듯 얼굴을 들었다. 서둘러 소녀의 손에서 서류를 뺏었다.

"안 돼, 이건, 아, 좀……."

빠진 페이지는 없는 지 확인하고 있는 사이에 소녀는 재빠르게 모습을 감췄다.

자료를 가방에 넣고 뒤쫓아보았지만 하늘하늘한 원피스를 입은 그 모습은 어느 곳에서도 찾아볼 수 없었다.

"……어디 간 거람?"

두리번 대며 주변을 살피던 캇페이는 입을 삐죽 내밀었다.

그 나이에 자료의 내용을 이해할 것이라고 생각하지는 않지만, 남의 서류를 맘대로 읽는 것은 옳지 않다. 가볍게 꾸짖는 게 좋을 것 같다.

그러나 모든 서가를 찾아보아도 소녀의 모습은 보이지 않았다.

불현듯, 어제 접수 카운터의 여성에게 들은 말이 떠올랐다.

'손님이 없을 때만 가끔씩 나온 답니다.'

'이 도서관에 있는 비밀의 방에 틀어 박혀있어서.'

(아무도 없을 때만, 인가?)

속으로 혼잣말을 한 캇페이는, 가방을 들고 서가의 구석에 몸을 숨겼다.

핸드폰을 만지면서 기다리기를 1분.

불쑥 근처에서 쿵…… 하는 소리가 났다.

(무슨 소리지?)

고개를 돌려 시야에 들어온 것을 보고 눈이 동그래졌다.

벽처럼 보였던 서가 중 하나가 움직이고 있다. 그리고 그 안쪽에 나선계단 같은 것이 보였다.

(숨겨진 방……? 비밀의 방이라고 한 게 이건가.)

벽 앞에 늘어선 서가에 가려져 테이블이나 소파에서는 보이지 않기 때문에 뒤를 쫓았지만 놓치고 말았던 것이었다.

"야!"

문처럼 열린 서가에서 나오려고 하던 작은 그림자가 캇페이의 목소리에 펄쩍 튀어올랐다.

두려워하며 올려다보는 소녀를 향해 캇페이는 미소를 띠어 보였다.

"안녕."

소녀는 당황한 기색으로 서가를 닫으려고 했다.

한 손으로 서가를 잡은 채 다른 한 손을 뻗어 레몬색 원피스의 소매에 손가락을 걸고 밖으로 끄집어냈다.

거세게 버둥거리는 아이의 앞에서 서가로 된 문을 닫고, 캇페이는 그 자리에 쭈그려 앉아 눈높이를 맞추었다.

"나는 신묘지 캇페이. 너는?"

소녀의 이름은 후쿠미네 유아. 여덟 살이었다.

테이블에 오도카니 앉아 있는 소녀를 향해 알기 쉽게 설명하며 쓴소리를 늘어놓았다.

"업무 기밀이라든가, 음, 비밀 서류 같은 것도 있으니까 어른들 서류를 맘대로 읽으면 안 되는 거야. 너도 일기나 편지를 모르는 사람이 읽는다고 생각하면 싫지?"

하는 질문에 유아는 고개를 살짝 끄덕였다.

"알았으면 됐어. 그리고 이런 거 읽어 봤자 재미도 없고?"

"아는 사람이……."

"뭐?"

되묻자, 소녀는 서류를 가리켰다.

"페이지 제일 위에 아는 사람 사진이 있어서……."

"어엇!"

캇페이는 급하게 가방에서 서류를 꺼냈다.

첫 페이지에 있는 사진은 피해자인 대학 교수의 사진이었다.

"이거? 이 사람?"

캇페이가 오기와라 테츠지의 사진을 보여주자, 유아는 고개를 끄덕였다.

"이 도서관에 온 적이 있다는 거야?"

"가끔."

"그렇군…… 고마워!"

감사를 표한 뒤 급하게 접수 카운터로 향했다.

"잠깐, 실례하겠습니다."

경찰 수첩을 보여주니 접수 카운터의 여성은 놀란 얼굴을 해 보였다.

"어머! 어머, 어머. 경찰분이셨어요?"

지금까지 조심스럽고 어른스러웠던 분위기가 무색하게, 안경 속의 눈동자가 반짝반짝 빛났다.

"저, 미스터리 소설 정말 좋아해서 자주 읽거든요! 영화나 드라마도 미스터리를 제일 좋아하는데! 설마 이런 데에서 만날 줄이야. 그러니까, 저기, 신미……?"

"신묘지입니다."

"안녕하세요. 저는 이 도서관 관장, 니시즈카 야에코라고 합니다."

"저기……, 방금 저 소녀한테 들은 건데요. 이 사람이 가끔 여기에 왔다고 하던데."

사진을 보여주자 야에코의 얼굴에서 웃음기가 싹 가셨다.

"오기와라 교수님……."

뉴스를 본 모양이었다. 그녀는 힘없이 대답했다.

"네, 자주 오셨어요."

"최근에도?"

"네. 저번 주에도 뵈었던 것 같은데……."

"그때 뭔가 이상한 점 있었나요?"

"그렇게 말씀하셔도 잘……."

곤란한 듯 고개를 갸우뚱 거리는 야에코는 다음 순간, "맞다" 하고 중얼거렸다.

"유아한테 물어보면 되겠다."

"그 아이한테요? 뭘요?"

"유아는 좀 특이한 부분이 있는 아이라서요. 한번 보거나 들은 건 절대 안 잊어버리거든요."

"하하, 대단하네요."

뭐라고 반응해야 할지 고민한 캇페이는 무난한 대답을 골랐다.

"그래도 이건 사건과 관련된 진지한 이야기라서요."

"네, 알고 있어요. 유아, 잠깐 이리 와 보렴."

할머니의 부름에 소녀가 조금씩 접수 카운터로 다가왔다.

야에코는 그 앞에 무릎을 꿇고 앉았다.

"오기와라 씨가 마지막으로 온 게 언제더라?"

유아는 주저 없이 대답했다.

"저번 주 일요일. 도서관 열고 얼마 안 됐을 때."

캇페이는 메모를 하며 물었다.

"너는 항상 안쪽 방에 있지? 어떻게 아는 거야?"

"그날은 오기와라 씨가 오고 나서 방으로 돌아갔어. 월요일은 휴관일이고, 오기와라 씨는 화요일하고 수요일, 목요일에는 온 적이 없으니까⋯⋯."

소녀의 증언은, 오기와라의 대학 강의가 화, 수, 목에 집중되어 있다는 정보와 일치했다.

(그리고 사건이 일어난 건 목요일 밤⋯⋯.)

계산해보면, 사건이 일어나기 4일 전에 이곳에 왔다는 뜻이 된다.

"그때 모습은 어땠어? 피곤해 보였다거나, 아니면 기분이 좋아 보였다거나⋯⋯."

유아는 살짝 생각에 빠졌다.

"⋯⋯무서운 얼굴이었어."

"무서운 얼굴? 그건 어떤 얼굴이지?"

"어떤 거⋯⋯?"

막연한 질문에 소녀는 곤란한 듯 고개를 갸우뚱해 보였다.

어린 아이에게는 어려운 질문일 지도 모른다.

어쩔 수 없이 캇페이는 애니메이션의 악역을 흉내 내듯 음흉한 미소를 지어 보였다.

"이런 얼굴?"

"……."

유아는 점점 더 곤란한 듯이 고개를 저었다.

"그럼, 이런 얼굴?"

이번에는 미간을 확 찌푸리고, 곰곰이 생각에 빠진 표정을 해보았다.

유아의 뒤에 서 있던 야에코가 참지 못하고 웃음을 터뜨렸다.

살짝 부끄러워졌지만 눈앞의 소녀를 보자, 이번에는 고개를 끄덕였다.

"그렇군……."

험악한 표정을 하고 있었다, 라고 메모하는 캇페이를 지나쳐 야에코는 접수 카운터에 있는 상자를 뒤적였다. 그리고는 서스펜스 드라마의 영향을 받은 말투로 말했다.

"책을 빌려 갔다면 분명히 여기에 카드가 있을 터……, 없네. 그럼 반납하러 오셨던 건가?"

그녀의 혼잣말에 유아가 고개를 저었다.

"책, 가지고 왔어."

"갖고 왔다구? 무슨 말이야?"

"음 그니까⋯⋯."

부족한 설명을 나름대로 정리해보니, 이런 말이었다.

오기와라 테츠지는 도서관의 책이 아닌 본인의 책을 가지고 왔으나, 돌아갈 때는 빈손이었다. 도서관에 있던 책처럼 위장하기 위해 책등에 정교하게 작은 라벨까지 붙어있었다?

이야기를 듣자 점점 캇페이의 심장이 두근거리기 시작했다.

"잠깐⋯⋯, 잠깐잠깐잠깐⋯⋯."

수사 본부에 있는 아무도 아직 모르는 엄청난 정보를 듣고 있는 것은 아닐까?

기대에 가슴이 부풀었다.

진정하기 위해 심호흡을 하고 유아에게 물었다.

"어째서 그 책이 도서관에 있는 책이 아니라고 바로 안 거야?"

"할아버지 책이 아니었어."

"응?"

"이 아이, 도서관에 있는 책은 전부 외우고 있어요."

야에코는 자기 일처럼 자랑스럽게 가슴을 펴고 이야기했다.

그와 달리 캇페이는 주변에 있는 서가를 쓱 훑어보았다.

"그럴 리가⋯⋯."

대충 견적을 내 보아도 천 단위. 어쩌면 만 단위에 이를지도 모르는 양이다.

"유아, 오기와라 씨가 가져온 책은 어디 있는지 아니?"

할머니의 물음에 소녀는 고개를 저었다.

야에코는 아깝다는 듯이 중얼거렸다.

"책장에 넣는 것까지는 못 본 거구나⋯⋯."

캇페이는 호주머니에서 핸드폰을 꺼냈다.

"괜찮습니다. 서에 지원 요청해서 찾아보도록 할테니."

그 말을 무시하고 야에코는 손녀에게 물었다.

"찾을 수 있겠어? 만약 발견하면, 이 오빠가 엄청 고마워할 거래."

"⋯⋯."

소녀는 캇페이를 올려다보고는 불쑥 몸을 돌렸다.

책장 구석구석 확인하며 걷기를 5분정도 지났을까, 근처에 있던 의자를 책장 앞으로 옮겨 그 위에 올라섰다.

"찾았어?!"

캇페이의 말에 유아는 고개를 끄덕인 뒤, 의자 위에서 까치발을 하고 서서 더 높은 곳에 있는 책을 꺼내려고 했다.

캇페이는 그 등 뒤에서 손을 뻗었다.

"이거?"

"아니, 그 오른쪽."

"이거?"

"응."

두께 5센티미터 정도의 두꺼운 책이었다.

A5 종이 두 배 쯤 되는 크기에, 제목은 〈팽창 우주와 상대성 이론〉.

"흐음, 이걸 읽으려고 하는 사람은 없겠네."

근거 없는 자신감으로 라벨을 확인해보았다.

도서관의 다른 라벨과 비교하니 폰트가 살짝 다르지만 놀라울 정도로 비슷했다. 언뜻 보면 진짜 라벨과 다를 바 없다.

책을 펼쳐 내용을 보려는 순간, 유아가 걱정스러운 얼굴로 입을 열었다.

"아, 저기……."

"응?"

"장갑, 안 껴도 되는 거야?"

그 지적에 캇페이는 깜짝 놀랐다.

"TV에서 보면 경찰들은 장갑 끼고 나서 증거물 만지던데……."

"그건 드라마고! 이건 현실이야!"

민망함에 큰 소리로 상황을 무마하며 자연스럽게 장갑을 꼈다.

그리고__

책을 펼친 캇페이는 작게 신음했다.

"……이게 뭐야."

그 책은 주변부만 남은 채 속이 통째로 도려내져 있었기 때문이다.

상자 모양을 한 책 속에는 생각지도 못한 물건이 들어있었다.

USB메모리와 교통카드가 들어있는 카드 지갑이었다.

"우와, 대박!?"

흥분으로 머리에 피가 쏠려 목소리가 우렁차게 튀어나왔다.

대단한 걸 발견했다는 흥분에 몸이 떨렸다.

캇페이는 서둘러 접수 카운터로 향했다.

"죄송합니다! 이거 증거물로 압수하겠습니다!"

"뭔가 발견하신 건가요? 잘됐네요!"

"경찰이 이쪽으로 또 올 텐데요, 오면 잘 부탁드립니다!"

들뜬 기분으로 말한 뒤, 선배인 오쿠무라에게 전화를 걸어 설명과 자세한 보고를 했다.

그 결과, [당장 경찰서로 복귀] 하라는 지시를 받았다. 기쁜 마음으로 야에코에게 나머지를 맡기고, 빠른 걸음으로 도서관을 나왔다.

그때, 한 번도 뒤를 돌아보지 않았다.

"장하다, 캇페이! 한 건 했네!"

조사회의에 참여하러 회의실에 들어가자 선 채로 대화를 하고 있던 선배 형사들이 줄지어 말을 걸어왔다.

"아유, 운이 좋았습니다."

겸손 떠는 것도 잠깐, 금방 들떴다.

도서관에서 가져 온 USB메모리에는 화질이 안 좋은 동영상이 저장되어 있었다.

시각은 아마도 밤. 산 속 같은 어두운 곳에서 차의 라이트를 불빛 삼아 세 명의 남자가 무언가를 묻고 있다. 그 모습이 차의 블랙박스에 찍힌 것으로 보인다.

땅에 묻은 것은 파란 시트에 싸여 있지만, 크기로 보아 시체로 추정됐다.

그러나 카메라는 차 뒷좌석에 놓인 듯 남자들과는 거리가 제법 멀었고, 주변이 어두운 탓에 얼굴이 잘 보이지 않았다. 두 명은 심하게 흐릿하지만 어쨌든 얼굴이 찍혔고, 나머지 한 명은 완전히 아웃이었다.

재차 확인한 결과, 오기와라의 차에는 녹음기가 설치되어 있지 않았다. 영업점에도 확인해 보았으나, 자동차 정기 검사 때 설치한 적도 없다고.

오쿠무라의 도움을 빌려가며 보고를 끝내자 교통카드를

조사하던 형사들이 손을 들었다.

"교통카드는 가사이 료이치의 것이었습니다. 가사이는 아직도 행방불명입니다. 가족들의 말에 의하면 가사이는 온화한 성격. 그러나 가끔 사람이 바뀐 것처럼 난폭해질 때도 있다고 합니다."

들은 내용을 재빨리 수첩에 적었다.

대학 교수였던 오기와라는 어째서 그런 물건을 갖고 있었던 것인가. 동영상에 찍힌 세 명의 남자들과는 어떤 관계인가. 그 세 명은 누구인가. 가사이 료이치는 그 세 명 중 한 명일까, 아닐까.

조사회의를 끝낸 형사들은 각각 수수께끼를 풀기 위해 빠르게 움직였다.

물론 오쿠무라도 철제 의자에 걸어놓은 재킷을 입었다.

"캇페이, 간다."

"네……에. 어, 어딜요?"

한동안 이런 저런 구실로 떨궈놓기만 하던 선배가 부른 것에 깜짝 놀라 멍청하게 반응했다.

그녀는 한 손에 조사자료를 들고 몸을 돌려 쌀쌀맞게 대답했다.

"나고야. 가사이 료이치의 가족들한테 얼굴이 찍힌 두 사람의 사진을 보여줄 거야."

"네."

움직임에 군더더기가 없는 오쿠무라는 서 내를 빠른 걸음
으로 나간 지 5분도 채 되지 않아 지하철 역에 다다랐다.

그리고 개찰구를 통과하며 내친 김에 말하는 듯 덧붙였다.

"사정청취, 네가 해라."

"네!"

2장 유아, 캇페이와 친구가 되다

유아의 세계는 도서관의 2층에 있는 비밀의 방이 거의 전부를 차지할 만큼 좁다.

그 방은 1층의 숨겨진 문을 지나 작은 나선계단을 올라간 곳에 있다. 도서관 뒤의 공원과 마주하고 있어, 창밖으로는 공원이 내려다보인다.

평일은 엄마와 어린 아이가 많다.

그게 부럽다가도 할머니에게 살짝 미안해진다.

(나한테는 할머니가 있으니까 괜찮아…….)

누군가에게가 아닌, 자기 자신에게 변명을 한다.

그러나 할머니는 유아가 조금 더 밖에 나갔으면 하고 있다.

절대 입 밖으로 꺼내진 않지만 그 마음은 느껴진다. 적어도 학교에는 가면 좋으련만, 유아를 보는 눈에는 그런 걱정이 잔뜩 담겨있다.

학교에 가지 않아도 공부에 대해서는 불안하지 않다. 교과서는 어떤 것이든 한 번 읽으면 외워버리니까.

그리고, 사람들과는 다른 그 특별한 점 때문에 사람들은 유아를 멀리한다.

(저 사람은…… 나를 어떻게 생각하려나?)

창문에 이마를 붙이고 눈을 감는다.

아침이 되면 유아는 먼저 신문을 읽는다. 예전부터 계속되어 온 습관이다. 지금은 무의미한 행동이지만 관두지 못하고 있다.

그 때문에, 갑자기 나타난 캇페이가 말을 걸어 왔을 때에는 심장이 떨어질 뻔했다.

"아직 어린데, 장하네."

그는 아무 생각 없이 뱉은 말이겠지.

그러나 유아에게 그 일은 특별한 사건으로 남았다.

거침없고 만사 대충대충인 듯한 성격이나, 아이들에게 관심 없는 것 같다가도 친절한 부분이 봄날 바람처럼 마음에 불어왔다.

바깥 세계를 거부하며 굳게 닫혀 있던 문의 열쇠 구멍으로 한 번 엿보고 싶어지는 정도로 호기심을 자극했다.

"발견하면, 여기 있는 오빠가 엄청 고마워할 거래."

할머니의 말에 나도 모르게 긴장해버렸다.

그에게 도움이 되어 기뻐하길 바랐다.

(나한테 관심을 가져주길 바랐는데…….)

마음속에서 스르륵 흘러나온 외로움에 눈을 감는다.

그래. 내가 도움이 된다면 좀 더 나를 봐줄 수 있을지도…… 하는 건, 혼자만의 망상에 지나지 않았다.

그가 찾던 책을 발견했을 때, 조금 기대했다.

또 칭찬해주지 않을까하고.

그렇지만 무언가 중요한 것을 발견한 듯한 그의 눈에 유아의 모습은 들어오지 않았다.

뒤돌아보지도 않고 떠난 후, 다시 도서관에 오는 일은 없었다.

도움이 된 거니까, 그걸로 됐어.

공원에서 놀고 있는 엄마와 아이를 바라보면서 그렇게 스스로를 위로했다.

본인의 세상에 갇혀있으면서, 누군가에게 관심을 받고 싶다고 생각하는 건 말도 안 되는 이야기.

그래도 유아는 할머니가 만들어준 도서관이라는 세계에서 나갈 자신이 없다.

누군가에게 상처주는 일도 없고, 상처를 받는 일도 없이 방에 틀어박혀 있을 뿐이다.

(여기서 나가면 또 실수할 거야, 그건 싫어…….)

되돌릴 수 없는 실수를 하고, 나 같은 건 사라져버리는 게 낫다고 기도하는 건 너무 괴로운 일이니까.

그럴 바에는 할머니가 아닌 다른 사람과는 부딪칠 일 없는 이런 생활을 계속하는 게 낫다.

창문 밑? 공원에서 즐겁게 놀고 있는 엄마와 아이를 내려다보며 유아는 외로운 마음을 억누른다.

그리고 욕심 부리는 자기 자신에게 말했다.

기대를 하니까 실망하는 거야. 그렇다면 처음부터 아무것도 바라지 않으면 되는 거야.

그러면 지금처럼, 만나지 못해서 외롭다는 감정도 느끼지 않을 테니까?

"어이, 캇페이. 넌 어떻게 도서관 공주님이랑 만난 거냐?"

"네?"

그날 조사회의 후.

선배 형사들이 캇페이를 불러세웠으나, 갑작스러운 질문의 내용을 이해하지 못하고 눈만 껌뻑거렸다.

"아니, 사건 전에 피해자를 목격했다 그러고, 숨겨진 책을 발견한 것도 그 여자아이라고 하니까, 잠깐 이야기 좀 들어볼 수 있을까 했는데."

"아?"

거기서 간신히, 그 사설도서관에서 만난 소녀의 이야기라는 것을 파악했다.

"어떻게, 는 무슨…… 그냥 평범하게 말을 건 것뿐이에요."

"그렇군. 아니, 어디 방에 틀어박혀서 도통 나오질 않으니까 말이야."

50세 정도의 매서운 눈빛을 가진 선배 형사는 한숨을 섞으며 말했다.

조금이라도 좋으니 이야기를 듣고싶다고, 야에코에게 부탁해 불러달라고 했지만 소녀는 반응을 보이지 않고, 형사들과 만나는 것을 강하게 거부했다고.

헛걸음을 해서 원망스러운 얼굴을 하고 있는 형사에게 캇페이는 양손을 휘저었다.

"그럴 리가…… 제가 갔을 때는 평범하게?"

"뭐야 그럼. 얼굴이야? 젊고 탱탱한 얼굴이 아니면 안 되는 건가?"

"탱탱하다니, 요즘은 그런 말 잘 안 써요……."

쓸쓸하게 웃는 캇페이의 옆에서 오쿠무라가 무심하게 내뱉었다.

"얼굴, 이라기보다 표정의 문제 아닐까요?"

"친절하게 했다고, 제대로. 고양이를 부를 때처럼 말이야!"

"무서워. 그게 더 무서워요."

그녀는 귀찮은 표정으로 얼굴을 찌푸렸다가, 좋은 생각이 났다는 듯 이쪽을 쳐다보았다.

"네가 가면 되잖아."

"네?"

허를 찔린 캇페이는 자기도 모르게 되물었다.

그러나 잘 생각해보면, 마침 현재 상황은 조사가 정체되기 시작하고 있었다.

교수가 숨긴 USB메모리에 찍힌 두 남자의 사진을 가사이 료이치의 부모, 절도 피해를 입은 니시신주쿠의 편의점 점장에게 보여주었으나 아마도 다른 사람이라는 대답이 돌아왔다.

가사이 료이치의 흔적도 끊긴 채였다.

나고야의 본가를 나온 후로는, 나이를 속여서 일용직 노동자를 전전하고 있다는 것을 알게 된 정도. 도쿄에 온 것은 불과 2, 3개월 전이라는 것.

그와 교수의 관계는 아직도 해결되지 않았다.

도난당한 물품도 발견되지 않았다.

그러나 피해자가 사건의 4, 5일 전부터 인터넷에서 방범용 물품을 검색한 것이 새롭게 밝혀졌다. 사건 전부터 자신이 위험에 노출되어 있음을 알고 있었다고 생각된다.

그러니까, 피해자와 가사이 료이치와의 접점이 조사의 핵심으로 떠오른 것이다.

조금이라도 단서가 될 만한 것이 없을지? 조사원들은 더운 날씨에도 필사적으로 심문을 이어가고 있다.

오쿠무라는 조사자료를 둥글게 말아 캇페이의 등을 탁 두

드렸다.

"오기와라 교수 관련된 것 중에 그 아이가 기억하고 있을 만한 건 또 없을까. 한 번 더 물어보고 와."

캇페이가 [책벌레]에 향한 것은 2주 만이었다.

오후 2시. 오래된 건물 앞에 서서 입구를 감싸는 회색의 낡은 양각 장식을 올려다보았다.

(이름이 뭐더라, 그 아이? 유…… 유이…… 아닌데, 유아. …… 맞다, 유아였다.)

바깥쪽을 향해 열린 나무문을 지나쳐 안으로 들어가자, 공부 중인 학생이 제법 있다.

"안녕하세요."

말을 걸자, 언제나처럼 스케치북을 쳐다보고 있던 야에코가 얼굴을 들고 미소를 지었다.

"어머…… 잘됐네요."

캇페이를 보자 그녀는 기쁨을 표했다.

"여기 오시는 건 다른 형사분들뿐이라서 더 이상 못 뵈는 건가 하고 있었어요."

"아, 죄송합니다……."

굉장히 환영해주는 것 같았지만, 그 이유를 알 수가 없었다.

당황하는 마음이 전해진 것인지 야에코는 "그게 아니라" 하고 목소리를 죽였다.

"유아가, 어쩜 신묘지 형사님을 목이 빠지게 기다리고 있는 모양이라서."

"유아……가?"

"네, 손님이 없을 때는 계속 저 테이블에서 책을 읽으면서, 누가 들어오면 홱 고개를 돌려요. ……다른 사람이면 고개를 떨구고 안 쪽 방으로 돌아가곤 했답니다. 그래도 누군가 온 낌새가 보일 때 마다, 서가 문틈으로 살짝 엿보고 있는 것 같아서……."

"헤에."

"이상한 일이예요. 이제껏 그 아이가 이렇게까지 마음을 연 적이 없었는데 말이에요……."

"그렇습니까……."

적당히 맞장구를 치며 멋쩍게 머리를 긁었다.

상대가 누가 되었든, 오는 것을 기다리고 있었다는 말을 들으면 싫지는 않다.

캇페이는 가벼운 마음으로 서가의 문 앞에 서서 야에코가 가르쳐준 대로 노크를 했다.

똑, 똑똑, 똑, 똑!

그러나?

문 반대편은 여전히 조용하고 아무런 반응이 없다.

캿페이는 다른 이용자들을 신경쓰며, 작은 목소리로 불러보았다.

"어이, 유아."

……잠시 기다려보았으나 역시 아무런 소리도 나지 않았다.

"없는 거 아니에요?"

고개를 저으며 물어보니, 뒤따라온 야에코가 "설마" 하고 대답했다.

"그럴 일은 없어요."

"그렇습니까. ……어이, 물어보고 싶은 게 있어. 나와줘."

재차 불러보았으나 상황은 변함이 없었다.

야에코가 당황스러운 모습으로 중얼거렸다.

"이상하네. 아니, 정말로, 계속 신묘지 형사님 오는 걸 기다렸다고요."

"그런가요……."

"어쩔 수가 없네."

그렇게 말하고 그녀는 서가로 된 문의 책꽂이에 손을 쑤셔넣어 무언가를 만졌다. 그러자 쿵…… 하는 소리와 함께 책장이 안쪽으로 움직였다.

그 건너편에는 작은 나선계단이 보였다.

"들어가세요."

그렇게 말하고 야에코는 안내하듯 책꽂이와 벽 사이의 틈으로 들어갔다. 그 뒤를 캇페이도 쫓아갔다.

사람 한 명이 겨우 통과할 만큼 좁은 나선계단의 벽에는 오래된 여닫이창이 있었다. 빛이 들어오는 그 창문에서는 도서관의 뒤편에 있는 공원이 보였다.

계단을 올라가니 작은 방이 있었다.

넓이는 6조 정도. 1층의 서가처럼 초콜릿색 나무로 만들어진 고양이 다리처럼 생긴 테이블과 앤티크 풍 소파 두 개가 가운데에 놓여있다.

모스그린색 벽지에 맞춰 색은 전체적으로 차분한데, 남쪽에 큰 창문에서 들어오는 빛이 밝은 인상을 주었다.

안쪽에는 옷걸이와 옷장이 있고, 그 위에 벙커 침대가 있다.

바닥에는 융단 플로어매트가 깔려있고, 에어컨도 틀어져 있었다.

혼자서 쉬기 위한 방? 언뜻 봐서 그런 인상이었다.

유아는 소파에 앉은 채로 테이블 위에 책을 늘어놓고 있다. 흰색 티셔츠를 겹쳐 입고, 파란색 반바지를 입은 모습이었다.

"유아, 신묘지 형사님이 왔어."

할머니의 말에도 유아는 고개를 들으려고 하지 않았다.

그냥 빤히 책을 쳐다볼 뿐. 그것도 눈앞에서 벽을 치듯 책을 세워서 들고 있다.

"안녕."

캇페이의 말에도 무반응이라기보다, 완전히 무시하고 있다.

"……."

캇페이와 야에코는 서로를 바라보았다.

그리고는 맞은편 소파에 앉아, 유아의 얼굴을 가리고 있는 책을 뺏었다.

"이야기를 하러 왔어. 미안한데, 잠깐이면 되니까 책 읽는 건 나중에 하면 안 될까?"

가리던 책이 사라지자 유아는 캇페이와 눈을 마주쳤다.

그 눈빛은 우울해 보이면서도 몹시 기분이 안 좋아 보였다. 기분 탓인지, 업무를 방해받았을 때 오쿠무라의 눈빛과 비슷하다.

"……."

(뭐 잘못한 거 있었나? 나……?)

전날까지만 해도 사이좋게 지내던 여자 친구들이 갑자기 쌩하니 외면한 적은 이전에도 몇 번인가 있었다.

대체로, 원인은 캇페이의 무신경함에 있었고 나중에 곰곰이 생각해보니 "그게 문제였나?" 하고 추측이 됐지만…… 이번에는 도무지 모르겠다.

캇페이는 얼버무리듯 헛기침을 했다.

"음…, 전에도 물어봤던 내용인데 죽은 오기와라 교수에 대해 뭔가 새롭게 기억난 건 없을까? 그게 뭐든지. 여기서 뭔가를 했다거나, 어떤 책을 읽었는지……. 뭐라도 기억하고 있는 게 있다면 말해주지 않을래?"

최대한 상냥한 목소리로, 살짝은 비굴하게도 해보았다.

그러나 꾹 닫힌 입술은 미동도 없었다. 하지만 질문을 들은 순간 큰 눈이 살짝 동요한 것을 알아차렸다.

캇페이는 주의를 기울여 물었다.

"……뭔가, 따로 아는 게 있어?"

순간, 유아는 입술을 한층 더 꾹 닫고, 원망하는 눈빛으로 쳐다보았다.

나쁜 사람.

큰 눈은 그렇게 말하고 있었다.

"엥……?"

(나 진짜 뭐 잘못했나?)

당황스러운 마음으로 소녀를 만났을 때부터의 기억을 하나하나 필사적으로 되짚어보았다.

이렇게나 본인의 행동을 돌아보는 것은 동거하던 여자친

구가 갑자기 화를 내며 "헤어져!" 하고 난리가 났던 때 이후로 처음이다. ……참고로 데이트폭력을 일삼는 남자친구와 헤어지고 싶다는 친구의 고민을 상담해주고 있던 것을 바람으로 오해받아, 설득해보았음에도 쌩하니 집을 나가버린 채 끝난 사건이다.

(아니아니아니, 그런 건 지금 상관없어!)

다른 데로 빠져버린 생각을 되돌려, 캇페이는 전에 이 도서관에 온 2주 전을 떠올려보았다.

그러나.

(……안 되겠다. 도저히 모르겠어.)

새로운 증거물을 발견한 것에 흥분한 나머지, 그 외의 기억은 전부 날아가버렸다.

애초에, 캇페이의 메모리는 용량이 작은 편이다.

오래된 기억은 금방 조금씩 잊어버리는 체질인 것이다.

"그니까……."

잠시 후, 캇페이는 결심한 듯 양 손을 테이블에 올려놓았다.

"내가 뭔가 잘못한 게 있다면 사과할게. 그게 어떤 것이든 악의는 없었어. 저번에 네가 찾아준 증거물 덕분에 조사도 진행 중이라 감사한 마음이야. 정말 고마워. 그래도 아직 모르는 부분이 많아. 오기와라 교수를 죽인 범인을 찾기 위해

서라도 혹시 뭔가 단서가 될 만한 것을 알고 있다면 뭐든 좋으니 알려줬으면 해. 사소한 것이어도 상관없어."

몇 없는 장점 중 하나인 솔직함을 내세워 이것저것 말을 뽑다보니…….

"……주제에."

가는 목소리가 살짝 들려왔다.

"응? 뭐? 안 들려."

몸을 일으켜 세운 캇페이에게, 유아는 뚱한 얼굴로 창밖의 공원을 가리켰다.

"오기와라 씨, 저 공원에 남자랑 있었어."

"남자?"

"젊은 사람. 싸우는 것 같았어."

귀에 들어온 내용은 캇페이를 흥분하게 했다.

"언제!?"

"6월 30일, 밤 10시쯤."

서둘러 수첩을 꺼내 메모 했다.

6월 30일? 사건의 5일 전. 피해자가 인터넷에서 방범용 물품을 검색하기 시작한 시기와 일치한다.

"상대방은 어떤 사람이었어?"

"비밀."

"?"

순간, 유아가 무슨 말을 한 건지 알 수가 없었다.

그러나 또래의 아이다운 장난일지도 모른다고 생각해, 들뜨는 마음을 억누르고 미소를 지었다.

"아하하하. ……그래서?"

"비밀은 비밀."

유아는 그렇게 말하고 외면했다.

당황한 야에코는 그런 손녀를 꾸짖었다.

"어머, 유아! 신묘지 형사님이 중요한 일을 하고 계시는 거야. 제대로 대답해드려야지."

"음, 그니까?"

볼펜으로 머리를 긁으며 캇페이는 일단 스스로 정리를 했다.

"오기와라 교수가 저 공원에서 젊은 남자랑 있었다는 건 사실이지? 농담 아니고?"

"진짜야. 제대로 봤어."

"그럼, 어째서 상대방에 대해서는 대답해주지 않는 거야?"

"말 안 해."

"유아……."

대화에 끼려는 야에코를 눈빛으로 저지하고, 소녀의 얼굴을 보며 간곡하게 빌었다.

"들어 봐, 이 근처에서 사람이 죽었어. 이건 엄청난 사건이야. 어쩌면 범인은 아직 근처에 있을지도 모르니까, 여기 사는 사람들은 다 불안해하고 있어. 경찰은 빨리 범인을 체포해서 모두를 안심시켜야 해."

"?"

"네가 본 건 사건에 있어서 중요한 일이었을지도 몰라. 범인을 특정할 수 있을 만큼 큰 단서가 될지도 몰라."

"유아, 유가족분들의 마음을 생각해보렴. 분명히 다들, 하루라도 빨리 범인이 잡히길 바라고 있을 거야."

야에코가 말을 덧붙였다. 그럼에도 소녀는 입꼬리를 한껏 내린 채 뚱하게 말했다.

"몰라."

캇페이는 한숨을 쉬었다.

"사람을 죽인 범인이 아직 자유롭게 활보하고 있어. 빨리 붙잡지 않으면 다음 희생자가 또 나올지도 몰라. 그것만은 무조건 막아야 해. 그게 경찰의 일이야. 그니까?"

소녀를 쳐다보며 말을 끊고 일부러 강조하듯 말했다.

"장난치는 거 아니야."

더 이상 눈높이를 맞춰주지 않는 단호한 말투에 작은 어깨가 놀란듯 떨렸다.

빤히 쳐다보자, 유아의 입술이 조금씩 움직였다.

"그게……"

그때서야 결심했다는 듯이 유아가 앞을 쳐다보았다.

"형사님은 사건 이야기만 듣고 싶어하니까."

"응…?"

멍하니 대답하자 소녀는 더욱 목소리를 높였다.

"중요한 걸 말하면, 더 이상 안 올 거잖아……!"

"아?"

그게 이유였군, 하고 겨우 납득했다.

증거물을 발견하고 의기양양하게 이 곳을 나간 것이 2주 전.

그동안 캇페이는 유아에 대해 전혀, 아무 생각도 하지 않았다. 다른 일들을 처리하느라 도서관에 올 새도 없었다.

유아는 그 때문에 화내고 있는 것이다.

"형사님, 나한테는 볼일 없잖아……."

빤히 쳐다보던 큰 눈동자가 점점 촉촉해졌다.

에, 잠깐만. 우는 거야?

캇페이는 당황했다.

(우는 거야? 진짜로?)

숨을 참고 지켜보는 앞에서 유아의 눈에는 점점 눈물이 차오르더니, 결국에는 눈물이 흘러내렸다.

(대체 왜???)

뚝뚝 떨어지는 진주 같은 눈물을 보니 캇페이는 어쩔 줄 몰라 하며 일어섰다.

"아니, 잠깐, 나 억울해! 나 억울하다고! ……응?"

돌아서서 야에코를 쳐다보자, 그녀는 정중하게 대답했다.

"아까도 말씀드렸듯이, 유아는 신묘지 형사님이 오시는 걸 굉장히, 굉장히, 기다리고 있었답니다."

말투는 상냥했지만 어딘지 모르게 꾸짖는 듯한 느낌이었다.

"아니, 그게……."

설마, 10살짜리 여자 아이가 이렇게나 나를 그리워할 줄은 꿈에도 몰랐으니까.

(아, 그런가. 할머니 말고는 혼자니까…….)

어떤 사정이 있었는지는 모르지만 도서관의 방에 틀어박혀 있다. 대화를 하는 건 할머니뿐.

조사 협력이라는 이유가 있었다고는 해도, 이런 상황에서 대화를 나눈 타인을 친구로 착각하는 것도 이상할 건 없다.

캇페이에게는 사소한 일이었으나, 아마도 유아에게는 상상도 못 한 만남이었다……는 것일지도 모른다.

어찌할 바를 모른 채 가녀린 어깨를 떨며 훌쩍훌쩍 울고 있는 유아를 내려다보았다.

그리고 문득 떠올랐다.

"카츠 오빠, 이제 하루나가 싫어진 거야……?"

여동생이 아직 어렸을 때의 일이다.

나쁜 짓을 해서 혼날 때면 언제나 울면서 그렇게 말했

었다. 캇페이는 그 얼굴을 쓰다듬으며 싫어하지 않는다고 몇 번이나 말해야 했다.

"미안해, 쓸쓸하게 해서."

"……."

울어버린 부끄러움에 얼굴을 제대로 들지 못하는 것이겠지.

소녀는 바닥을 쳐다본 채로 고개를 저었다. 그런 부분도 여동생이 어릴 때의 모습과 닮았다.

그 모습을 떠올리자, 자기도 모르게 웃음이 나왔다.

그리고 정장 가슴 주머니에서 명함을 꺼냈다.

"사과의 의미로, 이거?"

종이의 여백에 작게 휴대폰 번호를 적어 건네자, 유아는 그제서야 얼굴을 들었다. 명함을 건네받고는 찬찬히 들여다보았다.

"이제부터 캇페이라고 불러도 돼. 그리고, 무슨 일 있으면 전화해도 돼."

"캇페이……."

"좋은 이름이지? 처음 만난 사람들도 부르기 쉬우니까 내 이름이 마음에 들어. 여동생은 카츠 오빠라고 부르지만."

말하다가 그만 입을 막았다.

여동생과의 기억을 떠올린 탓에 필요 없는 것까지 제멋대로 튀어나왔다.

"여동생……?"

캇페이는 큰 눈을 깜빡거리는 유아의 머리를 한 번 쓰다듬
었다.

"아, 전화는 휴대폰으로 해. 서에는 걸면 안 돼, 알겠지?"

그 후 야에코가 끓여준 차를 마시고 진정된 유아는, 목격
한 것에 대해 상세하게 이야기했다.

이야기에 따르면 사건이 일어나기 5일 전, 도서관 뒤편에
있는 공원에서 피해자는 어떤 사람과 말다툼을 하는 듯
했다고.

"말싸움을 하고, 젊은 남자가 오기와라 씨를 이렇게……."

설명하며 유아는 자기의 멱살을 잡았다.

"언쟁하다가 목을 졸랐다는 건가. 그 상대방은 어떻게 생
겼는지 기억해?"

"키는 오기와라 씨보다 컸어. 그리고 말랐어."

유아의 증언은 상세했다.

피해자와 언쟁을 하던 젊은이는 하얀 해골 무늬가 새겨진
검은색 티셔츠를 입고 있었고, 두꺼운 은색 목걸이에 위장
무늬 파란색 카고 바지를 입고 있었다고.

생김새는 눈꼬리가 제법 올라간 눈, 볼이 홀쭉하게 패인

윤곽이 특징적. 그리고 상대방을 위협할 때 일부러 미간을 찌푸리는 버릇이 있다고 하는 증언을 듣자마자, 캇페이는 경찰서에 전화를 걸어 몽타주를 그리는 경찰관의 파견을 요청했다.

"그러고 나서, 음……"

수첩을 살펴보며 중얼거리자, 유아는 솔선해서 이것저것 말했다.

"소리는 못 들었으니까 무슨 말을 했는지는 몰라."

"아, 네."

그대로 메모를 받아 적는 캇페이를 보고 유아는 덧붙였다.

"그리고, 둘이 공원에 있었던 건 10분 정도."

"마침 그거 물어보려고 했었어."

"오기와라 씨가 먼저 와서 시계를 봤으니까 만나기로 약속했던 것 같아."

"아, 나 그것도 물어보려고 했어. 그거. 진짜로."

어른스럽지 못한 것이 부끄러워 살짝 잘난 체를 하니, 유아는 눈치 챈 듯 입을 닫고 걱정스러운 얼굴로 쳐다보았다.

……침묵이 흘렀다.

"음……, 이 정도면 되려나? 그밖에 뭔가 더 있어?"

"젊은 남자가 담배를 피운 다음에 공원에 버렸어."

"완전완전 고마워!"

이번에는 쓸데없는 말은 하지 않고 바로 서에 전화해 공원을 감식하도록 부탁했다.

"있잖아, 유아."

수첩을 닫으며 캇페이는 자세를 고쳐 앉았다.

"이렇게 중요한 증언이 나왔으니 다른 형사들도 이야기를 들으러 올 거야. 다음에 혹시라도 다른 형사가 오면 이렇게?"

"싫어."

"왜?"

쌀쌀맞은 대답에 고개를 갸우뚱해보이자 소녀는 표정이 굳었다.

"다른 사람은 싫어?! 캇페이가 오면 되잖아."

"그래도, 나보다 더 베테랑인 사람들이……."

"아니. 절대 안 돼."

"유아?"

조금 떨어져서 상황을 보고 있던 야에코가 대화에 끼어들었다.

"신묘지 형사님, 잠깐……."

야에코의 재촉에 캇페이는 좁은 나선계단을 내려가 방에서 나왔다.

서가의 문을 닫자마자 야에코가 말했다.

"유아는 원래 보통 사람들보다 더 섬세하고 내성적인 아이예요. 가정에서도 학교에서도, 어떻게 해도 잘 못 어울려서 여기 틀어박혀 있게 된 것이랍니다. 그 아이는 사람을 무서워해요. ……정확히는 사람 대하는 것을요."

"사람 대하는 게 무섭다고요?"

"네. 그러니까 이렇게 신묘지 형사님을 따르는 건, 저한테는 상상도 못 한 일이에요."

"그렇게는 안 보였는데……."

유아는 캇페이에게 간단히 마음을 열었다.

듣고 보니, 처음 봤을 때는 두려워하는 듯하면서 좀처럼 시선을 맞추지 않았지만 지금은 제대로 대화할 수 있게 되었다.

거기다가, 캇페이가 유아의 태도를 혼내자, 보통 아이들처럼 울었다.

"지금까지는 그런 적이 없었어요."

야에코는 진지한 표정으로 이야기를 이어나갔다.

"그니까 조금씩 변하고 있는 거라고 생각하고 싶어요. 조금 더 크면, 주위 사람들과도 조화를 이룰 수 있게 되겠죠? 그런데, 그 때까지는 억지로 어울리게 하고 싶지 않아요."

"그래도 이건 조사상 필요한 거라서……."

"유아는 아직 10살이에요. 할 수 있는 것과 할 수 없는 게 있어요."

서가의 앞을 막고 서있는 야에코를 곤혹스러운 듯이 내려다보았다.

그러나 한편으로, 여동생도 낯가림이 심했다는 것을 떠올렸다.

캇페이가 학교 친구들과 함께 집에 갔을 때, 여동생은 거의 자기 방에서 나오지 않았다.

잘 모르겠지만 세상에는 그런 사람도 있는 거겠지.

캇페이는 마지못해 끄덕였다.

"그럼, 이번에는 다른 형사들을 부르는 건 그만두도록 하겠습니다. ……그래도, 이 일을 계기로 조금씩 익숙해지게 하는 건 어떨까요?"

목덜미를 쓰다듬으며 제안해보았다.

방에만 틀어박혀 있던 유아가, 나를 따르게 되었다. 그게 사실이라면 다른 사람들과도 어울릴 수 있는 가능성도 0%는 아닐 것이다.

"익숙해지게 한다고요?"

불안해 보이는 야에코를 향해 몸을 살짝 움츠렸다.

"응. 사람과 부딪치는 것을 익숙해지게 하는 거예요. ……저, 가끔씩 또 올게요. 그러다보면 다른 사람들과도 평범하게 대화 할 수 있지 않을까요?"

가볍게 뱉은 캇페이의 말에 야에코는 허를 찔린 듯 눈을 깜빡였다. "그렇죠?"

동의를 구하듯 빤히 쳐다보자, 머지않아 그녀는 안도한 듯 살짝 미소 지었다.

"그렇네요. 네, 그렇게 됐으면 좋겠어요."

그 후, 피해자와 말싸움을 했던 젊은이의 몽타주만이라도 얻기 위한 캇페이의 필사적인 부탁으로, 도서관 3층에 있는 야에코의 방에 그림을 잘 그리는 조사원을 불러 몽타주를 작성했다.

조사원은 젊은 여성, 거기다가 거실 소파에 앉은 유아의 양 옆에는 캇페이와 야에코가 앉아 있다.

그 때문인지 처음에는 긴장해서 별로 말을 하지 않던 유아도 조금씩 말하기 시작했다.

"입술, 조금 더 얇고…… 조금 더 길어……."

새롭게 불러온 조사원은 소녀의 증언을 충실하게 재현하며 묵묵히 그림을 그려 나갔다.

곧이어 완성된 몽타주를 보고 유아는 크게 고개를 끄덕였다.

"닮았어."

그러나 그것을 본 캇페이는 당황했다.

"……누구야, 이건."

가족에게서 입수한 가사이 료이치의 사진을 그림 옆에 놓고 공통점을 찾아보려고 했으나 도무지 찾을 수가 없다.

그림에 있는 사람은 사진 속 사람과 닮은 듯 닮지 않은 남자였다.

"말싸움하고 있던 사람은, 가사이가 아닌가?"

그렇다고는 해도, 공원 주변에서 심문을 한 결과 피해자가 젊은 남성과 공원에서 말싸움을 했다는 것을 목격한 사람도 있었다.

사건 전에 피해자가 누군가와 만나서 말싸움을 했다는 것은 틀림없다.

연이어 용의자를 찾는 데 중요한 정보가 되는 단서를 얻은 캇페이의 평판은 상승세를 타고 있었다.

그 덕분에 지금까지 좀처럼 진척이 없던 중요한 업무도 맡게 되어 매일을 바쁘게 보내고 있었다.

"돌아왔습니다!"

이틀 뒤 아침, 캇페이는 오쿠무라와 함께 서에 복귀한 뒤 바로 반장에게 향했다.

다시 관계자를 심문해보니 아이치 현의 마츠야마에 사는 전 비서 여성과 피해자인 오기와라가 최근까지 불륜 관계였다는 사실이 밝혀져, 현지로 가서 이야기를 듣고 온 것이다.

한 시간 전에 첫 비행기로 하네다에 막 도착한 참이었다.

그래도 웃는 얼굴로 인사하는 캇페이를 보고, 과에서 가장 보수적인 반장은 쓴웃음을 지었다.

"그래, 자네는 항상 밝구먼. 아주 아침 햇살처럼 상쾌해."

그렇게 말하는 반장도, 서에서 날을 지새운 듯했다. 아직 10시밖에 되지 않았는데도 피곤에 찌들어 있는 얼굴로 둘을 맞이했다.

"그래서, 어땠어? 괜찮은 정보 좀 구했어?"

"전 비서와 불륜 관계였다는 것은 사실이었습니다. 그리고…… 사건과의 관계는 아직 알 수 없지만 오기와라는 몇 번인가 성추문 의혹이 있었다고 합니다."

캇페이의 보고에 반장은 수상하다는 듯이 반응했다.

"성추문?"

"대학의 여학생한테, 이런저런 구실을 만들어서 방에 부른 뒤 몸을 만져서……"

수첩을 펼치며 상세하게 설명했다.

"한 차례 피해를 당한 여성이 대학에 고발해서 문제가 되었다고 합니다. 그때는 비서가 중간에 개입해서 위자료를 지불하는 것으로 조용히 해결했다고 하는데요……."

"언제 이야기야?"

"3년 정도 전입니다. 결국에는 학생들 사이에 그 소문이

퍼져서, 그 후로는 특별히 피해자도 없었던 것 같습니다."

옆에서 오쿠무라가 설명을 덧붙였다.

"혹시 몰라서 지금 비서에게도 확인 해보았지만 최근에 그런 사건은 없었다고 합니다."

"좋아. 거기, 야마다! 타카하시!"

반장이 다른 형사들을 불러 보고도 끝이 났다.

캇페이는 데스크에 돌아와 지갑에서 영수증을 끄집어내어 서랍에 처박았다.

그리고는 문득, 벗어놓은 재킷을 다시 걸쳤다.

엘리베이터에 향하자 오쿠무라와 우연히 마주쳤다.

"엇, 선배, 어디 가세요?"

"옷 갈아입어야 되니까 잠깐 집에 다녀오려고. 너는?"

"딱 좋은 시간이라, 잠깐…… 아, 맞다. 선배."

"응?"

"여자 애들은 뭘 받으면 좋아하나요?"

"뭐?"

짧은 단발머리의 늠름한 여자 형사는 귀찮은 듯이 머리를 쓸어넘겼다.

"뭐야, 머리가 안 돌아가? 마츠야마 왔다 갔다 한 걸로 지칠 만큼 저질 체력이었어?"

"그 전부터 이런 저런 심문과 방범 카메라 분석 등으로 전혀 못 자고 있긴 한데, 그런 게 아니고요!"

바라던 대답이 아니어서인지, 자기도 모르게 반론했다.

"제가 여자아이 이야기 하는 게 그렇게 이상한가요?"

"이상하진 않은데……, 이 상황에 썸 타고 있다는 걸 믿을 수가 없어서."

거기까지 듣자, 캇페이는 그녀가 착각하고 있다는 것을 깨달았다.

엘리베이터에 타면서 살짝 웃었다.

"아니, 그런 게 아니고, 진짜로 여자아이예요. 그 도서관에서 알게 된 초등학생."

순간, 오쿠무라는 얼굴을 찌푸렸다.

"야, ……범죄는 저지르면 안 되지!"

"그런 거 아니에요!"

온 힘을 다해 부정하고, 유아의 현재 상태를 간단하게 설명했다.

"……라는 것이죠. 동생이 어릴 때랑 비슷해서 어쩌다보니……. 모른 척할 수가 없다고 해야 되나……."

"저기요."

이야기를 들은 오쿠무라는 손을 들었다.

"저도 그 아이를 만나고 싶습니다. 이 이상 너만 좋은 거다 가져가면 나는 설 자리가 없습니다."

"그건 좀 봐주세요. 그거 아니어도 섬세한 아이란 말이에요."

"섬세한 애가 왜 너를 따르지?"

지극히 당연한 질문에 캇페이도 고개를 갸우뚱했다.

"그건 저도 모르겠어요……."

[책벌레]를 방문하기 전에 캇페이는 도서관 뒤편에 있는 공원에 들렀다.

사건의 5일 전. 밤늦은 시간에 피해자는 여기에서 누군가와 말싸움을 하고 있었다?

그 광경을 상상하며 주변을 돌아보았다.

미끄럼틀과 철봉, 모래사장이 있는 놀이터 정도의 공원이다. 담배 꽁초는 하나도 없었다. 어제 찾아온 감식반이 전부 주워갔겠지.

피해자는 한 달 전부터 컴퓨터로 가사이 료이치의 이름을 반복해서 검색했다. 뿐만 아니라 가사이 료이치의 교통카드도 가지고 있었다.

(무엇 때문에? 어떻게 손에 넣은 거지……?)

문득 시선이 느껴진 곳을 올려다보니 창 밖에서 유아가 내려다보고 있었다.

그쪽을 향해 손을 흔들자, 소녀도 작게 손을 흔들었다.

가져온 선물을 들고 캇페이는 도서관 입구로 향했다.

"안녕하세요!"

접수 카운터에서 인사를 하자 여느 때와 변함없이 연필과 스케치북을 손에 쥔 야에코가 고개를 들었다.

"어머, 신묘지 형사님. 안녕하세요."

"그냥 캇페이라고 불러주세요. 이름으로 불리는 게 더 익숙해서."

"네에."

"아, 이거, 선물이에요."

그렇게 말하고, 손에 들고 있던 두 개의 비닐 봉투 중 하나를 건넸다.

"어머, 감사해라. 이건······."

주위에 풍기는 냄새로 내용물을 파악한 것이다. 야에코는 머뭇거리며 봉투 속을 들여다보았다.

캇페이는 자신만만하게 고개를 끄덕였다.

"카레예요!"

기뻐할 만한 게 뭐가 있을까, 어렵게 생각하면 안 된다. 역시 인간은 꾸밈 없이 있는 그대로의 모습이 제일이다.

라는 이유로, 본인이 제일 좋아하는 카레를 고른 것이다.

역 앞 프랜차이즈 가게의 로고가 그려진 비닐 봉투 속에는 1인분 용기가 3개 들어있다.

"카레. 도서관에······ 카레라······."

웅얼웅얼하는 야에코의 앞에 서서 캇페이는 도서관을 둘러보았다.

점심 때인데 테이블에는 손님이 몇 명 있었다. 보아하니 아이를 동반한 주부 모임인 듯했다.

소파에도 혼자 온 손님이 책을 들고 편안하게 앉아있다.

"유아는 방에 있나요?"

"네, 오늘은 열자마자 바로 손님이 오셔서 계속 방에 있어요. ……부르면 문을 열어줄 거예요."

"감사합니다. 아, 이거 드세요."

비닐 봉투에서 꺼낸 카레 용기 하나를 야에코에게 건네고 캇페이는 책을 찾는 척하며 비밀의 방 입구에 있는 서가로 걸어갔다.

테이블과 입구를 가로막은 서가의 근처에 도착해서, 신호를 보내는 노크를 했다.

"유아?"

작게 말을 걸자마자 쿵…… 하는 소리와 함께 서가가 안쪽으로 움직였고, 유아가 얼굴을 내밀어 밖을 보았다.

오늘은 소매를 부풀린 하얀 셔츠에 빨간 체크 멜빵 치마.

틈 사이로 숨어 들어간 캇페이를 안내하듯이 앞장서서 나선계단을 올라가는 유아가 작게 말했다.

"맛있는 냄새……."

"맛있겠지? 카레 가져왔어. 와, 저게 뭐야."

밝은 계단을 올라가자, 작은 방의 가운데에 놓인 고양이 다리의 테이블 위에는 두꺼운 책이 몇 권이나 쌓여있었다.

"와, 이거 읽은 거야? 재미있어?"

"응. ……맞다, 이거."

유아는 테이블 위에 있는 책 한 권을 캇페이에게 건넸다.

"엄청 재미있었어, 추천해."

"……나한테?"

유아는 고개를 끄덕였다.

카레 봉투를 테이블에 올려놓고, 받은 책을 훑어보았다. 이 정도면 글자도 크고 읽을 수 있을 것 같다.

"땡큐."

읽을지 어떨지는 모르지만 일단 감사를 표했다. 그리고는 테이블 구석에 쌓인 신문에 눈이 갔다.

"이것도 읽고 있어?"

"응."

유아는 태연하게 대답했다.

"매일 이걸 전부 읽는 거야?"

충격을 담은 질문에 유아는 고개를 끄덕했다.

"대단하네! 뉴스 같은 것도 나는 휴대폰으로 찔끔찔끔 확인하는 정도인데?"

웃으며 칭찬하고 나서, 상대방이 아직 초등학교 3학년인 것을 깨달았다.

"⋯⋯근데, 내용은 다 이해해?"

소녀는 또 고개를 끄덕였다.

"진짜야? 그럼⋯⋯"

마침 손에 들고 있던 신문의 한 면을 가리키며, 캇페이는 시험삼아 질문했다.

"이 기사를 간단히 설명하자면?"

"나라를 대표하는 대기업이, 법에 저촉될 만큼 질 나쁜 제품을 출고한 것이 들켰다는 기사."

"정답! 대단한데!"

마음 깊은 곳에서 우러난 감탄에, 유아는 조금 우쭐한 모습으로 덧붙였다.

"3면하고 27면에 같은 사건에 대해 쓴 기사가 실려 있어. 근데 그 사건에 대해서는 다른 신문이 더 자세해."

"진짜 대단하다. 존경스러워. 나 초3 때는 교과서도 제대로 안 읽었는데."

"그럼 뭐 했어?"

"초3 때? 아마⋯⋯"

테이블에 놓인 신문을 정리하며 먼 옛날을 돌아보았다.

"피구, 축구 이런 거? 학교 운동장에서 뛰어다니는 게 좋아서 쉬는 시간만 되면 친구들이랑 밖에서 뭔가 했었네."

비 오는 날은 교실 안에서 술래잡기. 그 후에는 습기로 가득 찬 복도에서 그저 슬라이딩하기를 반복했던 것 같다.

자랑거리도 안 되는 초등학교 시절에 대해 이야기하며, 비닐 봉투에서 카레와 음료수를 꺼내어 테이블에 올려놓았다.

그리고 짜잔—! 하는 효과음을 덧붙여, 카레 용기의 뚜껑을 열었다.

"오늘도 건강하게 돈까스 카레! 캇페이를 위한 카레!"

"?"

숟가락의 비닐을 벗긴 유아는 멍하니 고개를 갸웃했다.

(뭐, 됐어.)

실패한 개그는 아무 일도 없었던 것처럼 넘기고 캇페이는 바로 정신을 차렸다.

"네 건 안 매운 걸로 했어. 아니, 다른 카레가 더 좋아? 좋아하는 카레 있어?"

"……시금치 카레."

"아…… 있었었나. 응."

메뉴판을 떠올려보고는 모호하게 대답했다.

있었다고 하더라도 눈길이 가지 않는 메뉴다.

"아직 어려도 여자아이는 여자아이구나."

중얼거린 후, 둘은 각자 손을 맞댔다.

"잘 먹겠습니다!"

거의 동시에, 숟가락을 들고 입 안 가득 카레를 넣었다. 눈이 마주치자 고개를 끄덕였다.

"맛있어!"

"응."

유아도 생각보다 큰 목소리로 대답했다.

역시 카레를 가지고 온 건 잘한 일이다. 카레는 같이 먹는 사람들이 마음의 문을 열고 마음의 거리를 가까워지게 만드는 마성의 음식인 것이다.

완전히 느슨해진 분위기를 노려, 전부터 궁금했던 것을 물어보았다.

"유아는 언제부터 여기에 있는 거야?"

"……1년 전."

"그렇구나. ……요즘 초등학생들도 힘들겠다."

사정은 잘 모르지만, 역시 왕따 같은 게 여러모로 있을 것이다.

페트병에 든 차를 마시려고 한 순간, 유아가 질문했다.

"캇페이는 학교 즐거웠어?"

"아, 아마도. 잘 기억은 안 나지만 나쁜 기억은 별로 없네. 초등학교도 중학교도. 고등학교는 남고라서 엄청 재미있었어."

캇페이는 자타공인 낙천주의자이다. 심각한 고민과는 연

이 없는 삶을 살아왔다.

"농구부였는데 꽤 실력이 좋아서 대회에서도 상위권을 노리고 열심히 했으니까, 힘들긴 했지만 즐거웠어. 그런 스포츠 근성 같은 거 싫지 않아, 난."

"흠."

"반 아이들도 다 웃긴 아이들이었지? 싫어하는 선생 괴롭히거나, 밤에 학교에 몰래 잠입해서 놀거나, 이것저것 쓸 데 없는 거 하고?"

"왜 밤에 모여? 낮에 하면 안 되는 거야?"

"낮에 학교 가는 건 당연한 거잖아. 밤에 잠입하는 게 재미있는 거야."

왜 그런 짓을 했는지 이제는 기억도 나지 않는다. 딱히 의미도 없었던 것 같지만 어쨌든 계속 즐거웠던 기억이 있다.

생각나는 대로 말하고 있던 캇페이는 유아가 빤히 쳐다보고 있는 것을 느꼈다.

마치 단어 속에 들어가려고 하는 듯 방금 들은 단어를 머릿속에 조립해서, 그것을 배경으로 한 자기 자신의 모습을 상상해보고 있는 듯이.

강렬하게 빤히 쳐다보는 그 눈빛에, 순간적으로 떠오른 의문이 입으로 새어나왔다.

"학교 가고 싶어?"

그러나 유아는 고개를 저었다.

"……그렇구나. 뭐, 보통 초등학생은 신문 같은 것도 안 읽고. 유아같이 머리가 좋으면 주위 아이들과도 말이 잘 안 통할 테니까 힘들겠네?"

"나는……"

다시 고개를 저으며, 유아는 몹시 침통한 표정을 지었다.

"……나는, 안 될 아이야."

"……."

잠시 간의 침묵 후, 캇페이는 "뭐?" 하고 목소리를 냈다.

"안 될 아이? 뭐가?"

유아는 굉장히 머리가 좋은 것 같다. 보통 사람보다도 성공할 가능성이 있는 아이일 텐데.

이상하게 생각해 되물어보니, 유아는 금방이라도 울 것 같은 표정이었다.

"전부 다."

"……."

(아니, 무슨 말 하는 건지 모르겠네.)

자기도 모르게 카레를 먹던 손을 멈추고 고개를 갸우뚱했다.

보아하니, 본인은 그렇게 생각하고 있는 것 같다. 다른 사람에게는 알 수 없는 고민이 있겠지.

숟가락으로 카레를 한 스푼 뜨고 캇페이는 자신의 생각을 있는 그대로 주장했다.

"이런 저런 생각이 있을지도 모르겠지만. 나는 유아 덕분에 중요한 증거물이나, 용의자를 찾을 수 있을 유력한 정보도 얻었어. 특히 증거물은 유아가 알아채지 못했다면 누구도 몰랐을 거라고 생각해. 상장이라도 주고 싶을만큼 대단한 일이라고? 그리고 매일 이런 신문도 읽고, 내용도 이해하고 있고, 정말 머리 좋아서 부럽다 하고 방금도 생각했는데."

하나하나 이유를 듣자 유아는 외국어를 듣는 듯, 당황한 얼굴로 듣고 있었다.

그 후로 불편해졌는지 얼굴이 새빨개졌다.

"……그래도……."

칭찬에 익숙하지 않은 것이다. 말이 없는 소녀를 향해 꾸짖었다.

"유아가 안 될 아이라는 건 말도 안 돼."

그러나 유아는 강하게 고개를 저었다.

"아니야. 나는…… 언제나, 어디에 있어도 '평범'한 게 안 돼서, ……아무것도 잘 안 돼서……."

"내가 다녔던 학교는 캇페이가 다녔던 학교와는 달라……."

유아는 머뭇거리며 조금씩 자신의 이야기를 꺼냈다.

유아가 다닌 초등학교에서는 '평범'한 것에 제일 가치를 두었다.

평범하게 수업을 듣고, 평범하게 친구들과 사이좋게 지내고, 평범하게 노는 것. 그것이 어린 아이의 참모습인 것이라고.

그러나 유아는 어떻게 해도 평범한 아이가 될 수 없었다.

"나는 모자란 애야……."

괴로운 마음으로 털어놓았다.

캇페이는 유아의 진짜 모습을 알게 되면 어떻게 할까? 그런 불안에 휩싸이면서.

(그래도…….)

자기가 어떤 아이인지 이야기 하려면 지금뿐이다. 그렇지 않으면…… 이렇게 친해지고 난 뒤에 알게되면, 그가 날 떠날지도 모른다. 그 때 그를 떠나보내는 것은 분명히 지금보다 훨씬 더 괴로울 것이다.

"어렸을 때부터 다들 나를 이상한 아이라고 했어……."

아직 제대로 기억도 나지 않을 때부터 아빠가 사준 장난감에는 눈길도 주지 않고 소박한 나무 블록을 더 좋아했다고 한다. 그것도 혼자서 묵묵히 갖고 놀 뿐이었다고.

가장 오래된 기억은 5살 때. 아빠가 회사의 송년회에서 가지고 온 1000피스 퍼즐에 열중해, 한나절을 제대로 식사도 하지 않고, 화장실도 가지 않고 혼자 완성했던 것이다.

부모는 칭찬보다도, 당황하는 기색이 역력했다.

특히 아빠는, 공부를 싫어해서 고등학교 졸업 후 바로 취직을 한 사람이었다. 자신과는 다른 딸을, 주위 사람이 보기에도 알 정도로 힘에 부쳐했다.

유치원에 들어가서 문제는 더욱 커졌다. 단체활동에 참여하지 못하고 단독 행동을 해서 유치원 선생님이 몇 번이나 주의를 주었다. 그 순간은 이해를 했지만 한번 무언가에 신경이 쏠리면 다시 거기에 몰두했다. 그것이 계속 반복되었다.

결국 유아는, 자신이 보통 아이들과 같은 행동을 할 수 없다는 것을 자각하기 시작했다.

그리고 그 사실은 큰 콤플렉스가 되었다.

초등학교에 입학해서는 주변에 맞추기 위해 과도하게 신경을 쓰다보니 스트레스로 인해 패닉 증상을 일으키는 지경에 이르렀다.

어울리기 위해 노력하면 할수록 점점 더 어긋나서 주변을 곤란하게 했다.

아무리 자신을 억눌러도 도무지 잘 되지 않았다.

그러는 동안, 주위에서는 유아를 멀리하기 시작했다.

"아, 이상한 아이다."

"이상한 아이, 또 혼자 책 읽고 있어."

마치 목에 걸린 잔가시를 뱉어내듯이 자신들의 무리에 유아는 끼지 못하도록 배제했다.

좀처럼 친구를 사귀지 못하는 것을 상담하는 엄마에게, 담임 선생님은 한숨을 쉬었다.

"우리 반 아이들은 나쁜 아이들이 아니에요. 굳이 말하자면 문제는 유아한테……."

그 말에 엄마도 빠르게 고개를 끄덕였다.

"민폐를 끼쳐 죄송합니다."

자기가 이상해서 주변에 악영향을 미치고 있다는 것을 통감한 것은 이때였다.

나의 존재 때문에 엄마가 사과하는 모습이 그저 어쩔 수 없이 슬펐다.

"나는 평범한 아이가 아니니까……. 평범하게 못 하니까 항상 다 그렇게 돼."

유아는 세상에서 가장 심각한 듯한 말투로 설명했다.

그러나 캇페이는 재차 고개를 갸우뚱했다.

역시 잘 모르겠다. 전혀 이해가 안 된다.

미간을 찌푸리고 팔을 꼰 채 되물었다.

"평범한 게 뭔데?"

캇페이는 어쩌면 유아가 말하는 '평범함' 속에서 자랐다.

(그래도 단체활동 분위기를 깨는 아이들은 어디에나 있고, 그렇다고 해서 그 아이들이 따돌림을 당하느냐 하면, ……별로 그렇지도 않았던 것 같은데?)

그러나 유아는 진심으로 고민하고 있는 것 같았다.

진지하게, 주위 사람들과 사이좋게 지내지 못하는 자신이 문제라고 믿고 있다.

이야기를 들어보면 부모님과도 사이가 좋지 않은 것 같다.

(그래서 혼자 여기 틀어박혀 있는 건가……?)

어찌 됐든, 일단 자신을 부정하는 마음을 어떻게든 해야 한다.

가라앉은 분위기를 띄우기 위해 캇페이는 일부러 밝게 말했다.

"좋았어. 자, 그럼 이렇게 하자! 지금부터 '신경 안 쓰기' 주문을 알려줄게."

"주문……?"

"응. 솔직히 꽤 효과 있어. ……준비 됐어?"

몹시 진지한 얼굴로 설명한 뒤 숟가락을 들어 보였다.

"이 숟가락 위에 밥이랑, 카레랑, 괴로운 기억을 올리는 거야."

"응?"

"빨리, 올려봐."

"……응."

"그리고, 한 입에 다 먹어."

말한 뒤에 내용을 행동으로 보여주었다. 냠냠, 꿀꺽, 하고 삼키자, 유아는 그대로 따라했다.

"삼켜버린 건 이제 잊어버려. 신경 쓰지 마. 다시 떠올리지도 말고. 왜냐면!"

연기를 하는 목소리로 말하자 유아는 진지한 얼굴로 고개를 끄덕였다.

"밥이나 카레처럼 소화 되면 똥으로 나올 뿐이니까!"

"?"

대학 시절, 동아리 동기들과 식사 중에 이 이야기를 했을 때는 제대로 태클이 들어왔다.

그러나 유아는 그저 어안이 벙벙한 채로 있었다.

(어라? 또 실패했나……)

"안 좋은 기억은 똥 같은 거야. 소화한 뒤에 남은 찌꺼기 같은 건 보통 다시 안 떠올리잖아."

미묘한 침묵에 어색했지만 가슴을 펴고 당당히 말했다.

이런 것은 힘주어 말해야 오히려 상대방에게도 전해지는 법이다.

유아는 어떻게 반응해야 할 지 고민하는 듯 굳어 있었다. 큰 눈이 위로 여기저기 방황했다. 보아하니 상상하고 있는 것 같았다.

뱀이 똬리를 튼 것 같은 모양의, 그것을.

조금 지나자 얼굴을 찡긋거리며 웃기 시작했다.

"이상해! 캇페이 진짜 이상해!"

맑은 목소리로 크게 웃는 소녀를 보고 캇페이는 속으로 안도했다.

잘 됐다. 작게나마 의미는 통한 것 같다.

"내가 생각해낸 거 같지? 근데 말이야, 내가 생각해낸 게 아니야."

"그럼 누구?"

천진난만한 물음에 잠시 침묵한 뒤, 의식해서 웃으며 대답했다.

"여동생."

"여동생 있어? 어떤 사람이야?"

자세히 보니 순진무구하게 올려다보는 모습이 닮았다.

비슷한 머리 스타일. 어른스러운 성격.

가슴속에 피어오른 감정과 조그마한 아픔을 모른 척하려는 듯이 캇페이는 손목시계를 쳐다보았다.

"그 이야기는 다음에. 이제 가야 해."

"뭐 좋은 일 있었어?"

도서관의 창문을 닫고 있던 야에코가 말을 걸었다.

"오랜만에 조금 웃었어."

"웃었어?"

묻고 나서 야에코는 알겠다는 얼굴로 고개를 끄덕였다.

"캇페이 씨가 사온 카레, 맛있더구나."

[책벌레]는 언제나 오후 6시에 문을 닫는다.

도서관이 문을 닫은 후, 야에코만 남은 도서관에 나온 유아는 내일 읽을 책을 고르고 있었다.

원래는 유아가 읽을 법한 책을 야에코가 비밀의 방까지 가져다주었으나, 언제부터인지 야에코만 있을 때에는 도서관까지 나올 수 있게 되었다.

'그때 그 사건'으로 부터 이렇게 되기까지, 1년이 걸렸다.

1년 간 유아의 마음은 개일 일 없을 것처럼 항상 두터운 구름으로 덮여있었다.

그러나 오늘, 1년 만에 햇빛이 들어온 듯 화사하게 밝아졌다.

소프트 아이스크림 같은 것을 상상하고 불현듯, 방긋 웃음을 지었다.

야에코가 부드럽게 말했다.

"캇페이 씨, 지금부터 유아가 협력해서 그린 몽타주를 들고 여러 사람들을 만날 거래. 오기와라 씨가 죽기 전에 공원에서 만난 사람을 찾는다고 하더라."

"으응."

유아는 공원을 슬쩍 쳐다보았다.

그날, 아무 생각 없이 내려다본 광경이 이만큼 중요한 사태로 발전 하리라고는 꿈에도 생각하지 못했다.

혹시 알고 있었다면 그날 밤, 공원에서 오기와라 씨와 싸우고 있던 그 청년을 더 주의 깊게 관찰 했을 텐데. 그게 캇페이가 하는 일에 도움이 될 것을 알고 있었다면.

'유아가 모자란 아이라니, 말도 안 되잖아.'

야에코 외에는 누구도 그런 말을 해준 적이 없었다.

물론 야에코를 사랑한다. 그래도 야에코는 가족이기 때문에 기쁜 마음이 조금 다르다.

캇페이에게 그 말을 들으니 기쁜 마음이 풍선처럼 부풀어 올라 하늘을 날아갈 것 같은 기분이었다.

밖을 힘껏 달리고 싶어질 만큼 마음이 가벼워졌다.

이런 건 처음이었다.

(여동생…… 어떤 사람일까……?)

여동생 이야기를 물어봤을 때, 그의 눈에 언뜻 슬픔이 비쳤던 것 같은 느낌이 든다.

마치 책을 닫을 때처럼, 자연스러우면서도 갑작스럽게 대화를 끝냈다.

물어봐서는 안 되는 내용이라는 것을 바로 눈치 챘다.

"유아, 자기가 꺼낸 책은 자기가 정리합시다."

서가에 돌려놓기 위해 비밀의 방에서 가져온 책을 보고 야에코가 말했다.

"응."

가까이에 있는 의자를 밟고 올라선 유아는, 다 읽은 책을 정리했다.

딱 한 권 빠져있는 부분에 생긴 틈을 올려다보고는 살짝 두근두근 했다. 캇페이는 유아가 추천한 책을 마음에 들어 할까?

그 생각을 하다보니 그를 기다리는 것이 한층 더 즐거워졌다.

3장 캇페이, 대실수를 저지르다

⁣||||||||||||||||||||||||||||||||||||||||||||||||||||||||||||||||||||

"결국 누구인 걸까요, 이 녀석……."

손에 몽타주를 들고 캇페이는 벌써 몇 번째인지도 모를 혼잣말을 중얼거렸다.

"그걸 알아내려고 찾고 있는 거겠지."

오쿠무라가 귀찮다는 듯이 대답했다.

곧장 나고야로 향해 가사이 료이치의 가족과 지인들에게 몽타주를 보여주며 돌아다녔지만, 몽타주의 소년을 아는 사람은 아무도 없었다.

이 몽타주에 반응을 보인 것은 단 한 명.

절도 중이던 '가사이 료이치'를 붙잡았던 니시신주쿠의 편의점 점장은, 몽타주를 보자마자 자기가 잡은 소년이 틀림없다고 단언했다.

사건에 관련되어 있는 두 명이 동명이인이라고 생각하기에는 가능성이 낮기 때문에, 몽타주 소년이 순간적으로 가사이의 이름을 사칭했다고 추측하는 것이 타당할 것이다.

먼저 그 편의점에서 반경을 넓혀, 패스트푸드 가게나 노래방, 만화카페, 그 밖에 젊은이들이 갈 만한 가게를 중심으로 몽타주 소년과 가사이 료이치의 사진을 들고, 그들을 본 적이 있는 사람을 찾아 여기저기 돌아다니는 중이었다.

그러나 꼬박 하루를 쉴 새 없이 돌아다녔으나 특별한 수확
은 없었다.

현재 오전 4시 반. 곧 전철 첫 차가 달릴 시간이다.

8월도 끝나가는 무렵, 새벽이라고는 해도 주위가 벌써 환
하다.

밤에는 그렇게 시끄러웠던 것이 거짓말처럼 거리에는 정
적이 흘렀다.

드문드문 역을 향하는 사람들이 보이는 거리를 걸으며 하
품을 꾹 참았다.

"커피 마시고 싶네요. 다음 편의점에서 하나 살까……."

"좋네. 내 것도 사와."

"그렇게 자연스럽게 뜯어 먹으시는 겁니까……."

"뭐 어때. 너 요즘 그 어린 여자아이 만나면서 힐링하고 있
잖아."

"좀 이상하게 말하지 말아주실래요?"

"오늘도 가? 그 도서관."

"뭐어, 시간이 되면……."

모호하게 말하고 캇페이는 머리를 긁적였다.

사실은 어제 또, 살짝 기분을 거슬리게 했던 것이다.

"또 카레 가져갈까"

"……뭔 짓 했어?"

"아니, 뭐라고 해야 될까……."

먼저 얼굴을 보자마자, 전에 빌려간 책의 감상을 요구하기에 아직 읽지 않았다고 하자마자 살짝 삐쳐버린 것이다. 거기다가 그 후?

"농담할 생각으로 '도깨비가 많이 사는 아키타 현에는, 마을 축제 때에 도깨비가 민가에 출몰한다'고 했더니 진짜로 믿어버려서."

한참을 웃은 뒤 농담이라고 밝히자 완전히 심술궂게 변했다.

"조심해야겠어요. 솔직한 아이니까 제가 하는 이야기는 다 믿어버리네요."

와하하, 하고 웃는 캇페이를 보며 오쿠무라는 미간을 찌푸렸다.

"걱정이네. 그런 아이가 너 같은 운동 바보랑 가까이 있다는 게."

"피카소는 화가라는 것 정도는 이제 안 틀린다구요."

"그것뿐만이 아니잖아. 너 저번에도 오기와라 씨 부인이랑 대화할 때, 다빈치 작품을 '최후의 반찬'이라고 해서 어이없게 했던 거 기억 안 나?"

"……만찬을 잘못 말한 거예요. 만찬과 반찬의 차이를 모를 리 없잖아요."

"너는 진짜, 괜히 학구적인 이야기 하려고 하는 거 관둬라. 네 무덤 파는 꼴밖에 안 되니까."

"선배도 반장이 러시아 민요 '달려라 트로이카'는 러시아의 참치와 오징어의 경쾌한 노래다, 라고 했을 때 거의 믿었다면서요. 다 들었어요."

"그때는 술이 취했었어!"

오쿠무라는 화를 내고는 분에 못 이겨 캇페이의 멱살을 잡았다.

"죄, 죄송합니다……."

"그게 아니야."

심각한 목소리로 말하며 그녀의 시선은 캇페이의 뒤로 향했다.

"뒤돌아보지 마. ……네 오른쪽 뒤에 있어."

"네?"

반사적으로 몸을 돌리려 했으나 숨 죽여 말하는 오쿠무라에게 제지당했다.

"뒤돌아보지 말라고 했지!"

"죄송합니다!"

음식점의 창문으로 뒤에 비친 광경을 확인해 보니, 확실히 한 소년이 스마트폰을 하며 걷고 있었다. 몽타주 속의 얼굴과 비슷한 것 같다.

곧바로 오쿠무라와 시선을 주고받았다.

둘로 나뉘어 앞과 뒤에서 덮치는 식으로 거리를 좁혀 가기로 했다.

스마트폰을 보던 소년은 얼굴을 들어 길을 막아선 캇페이를 쳐다보았다.

"어이, 너, 잠깐⋯⋯."

캇페이는 수상할 것 없는 회색 정장 차림이었다. 그러나 이쪽을 보자마자 정체를 알아차린 모양이었다.

"앗!"

소년은 제대로 말도 하지 않고 갑자기 달리기 시작했다. 그리고 옆에 난 작은 골목길로 재빨리 사라졌다.

오쿠무라가 "기다려!" 하고 말하기도 전에 캇페이도 달리기 시작했다.

좁은 골목길로 도망치는 소년을 전력으로 쫓았다. 다행히도 캇페이는 좋은 체력과 빠른 달리기로 정평이 나있다. 몇 번인가 모퉁이를 돌자, 소년은 뒤를 돌아 자포자기한 듯이 덤벼들었다.

"젠장! 이거 놔!"

어둠 속에서 덮쳐 오는 손목을 붙잡아 겨드랑이에 끼고 한껏 비틀었다. 소년의 몸은 잠시 공중에 붕 떴다가 지면으로 떨어졌다.

여전히 난동을 부리는 소년의 팔을 잡아 체중을 실어 누르니, 소년은 얼굴을 찌푸린 채 소리쳤다.

"이 새끼! 놔! 난 아무 짓도 안 했어!"

아우성치는 소년의 손목시계를 쳐다보고 캇페이는 뒤늦게 도착한 오쿠무라를 향해 밝게 웃었다.

"오전 5시 13분. 공무집행방해죄로 체포. 커피 안 사도 되겠네요."

"안녕하십니까!"

도서관의 입구에서 밝고 발랄한 캇페이의 목소리가 들려왔다.

기분 탓인지, 목소리뿐 아니라 발걸음도 가벼운 것 같았다.

문을 연 지 얼마 되지 않아 손님은 아무도 없다. 유아는 에어컨이 빵빵한 시원한 도서관 안에서, 테이블에 신문을 펼치는 중이었다.

그러나.

만약 캇페이가 말을 걸어온다고 하더라도, 대꾸하지 않을 것이라고 다짐했다.

(나 아직 화났으니까.)

어제의 그 사건.

아키타 현에 사는 도깨비가 있다고 사진을 보여주면서 이런저런 설명을 덧붙이기에 집중하며 들었더니, "이런 시시껄렁한 농담을 믿을지 몰랐어!" 하면서 폭소를 터뜨린 것은 아직 용서 할 수 없다.

캇페이가 진지하게 사과한다면 용서할 수 있지만, "아, 미안미안." 하는 그런 태도로는 용서가 안 된다.

입구의 상황에 귀를 기울이자, 뚜벅뚜벅 걸어오는 발소리가 점점 가까워졌다.

과연 사과를 할까? 아무 일도 없었던 것처럼 넘길까?

둘 중 하나를 생각하고 있던 유아의 예상은 완전히 빗나갔다.

왜냐하면.

"유아!"

"앗……!"

캇페이는 갑자기 유아를 머리 위까지 들어올린 것이었다.

"잡았다! 중요참고인, 내가 잡았다!"

보아하니 굉장히 즐거워하고 있는 것 같다.

떠들면서 빙글빙글 도는 탓에 눈앞이 어지러워졌다.

같이 웃고 있던 야에코가 물었다.

"중요참고인이라면, 전에 오기와라 씨가 죽기 전 공원에서 만났던 상대에 관련된 건가요?"

"네, 아마."

"아마?"

캇페이는 유아를 내려놓고 테이블에 앉았다.

"몽타주의 남자랑 굉장히 닮았어요. 형사를 보고 도망친 것도 그렇고, 아마 당사자라고 봐도 무방할 겁니다. 그래도, 일단은 목격자인 유아가 얼굴을 확인해줬으면 하는 것이 솔직한 심정이라……."

"……그렇다는 건, 유아도 경찰서에?"

"가능하면, 그렇게 해줬으면 좋겠어요. 물론 제가 옆에 붙어 있을 겁니다."

야에코는 살짝 고민하는 표정으로 유아의 앞에 서서 어깨에 손을 올렸다.

"어때? 할 수 있겠니?"

"……."

그 질문에 유아는 눈동자를 여기저기 굴렸다.

도서관에서 밖으로 나가야한다는 뜻이다.

1년 전부터 계속 칩거하던 이 안전한 요새를 뒤로하고

불특정다수의 인간이 있는 세계로 향한다?

(그런 건…….)

생각하는 것만으로도 무언가가 가슴을 압박하는 듯 불안감이 느껴진다.

(그래도…….)

눈앞에 선 둘을 보자, 캇페이는 손을 모아 부탁했다.

"부탁해. 나를 도와준다고 생각하고."

"유아……."

야에코도 역시, 기대에 가득 찬 눈으로 바라보고 있다.

그녀는 마음의 문을 닫은 유아를 그저 아무 말 없이 받아들였다. 그러나 언젠가는 유아가 이곳을 벗어나 평범하게 생활하게 될 날이 오기를 바라고 있다.

둘은, 이곳에서 한 발자국 내딛기를 바라고 있다.

그게 뼈에 사무칠 정도로 전해져왔다.

"……."

알겠어, 라고 말하고 싶어. 그러면 둘은 기뻐할 텐데.

마음의 소리는 그렇게 말하고 있다. 그러나 실제로는 목이 얼어붙은 듯 좀처럼 목소리가 나오질 않았다.

"…알겠어."

잠시 기다린 뒤, 그렇게 말한 것은 캇페이였다. 그리고 웃어보였다.

유아를 배려하는 웃음이었다.

"갑자기 이런 부탁하는 것도 곤란하겠지. 미안. 사진 가져왔으니까 여기서 확인해도 상관없어."

설명을 하며 그는 스마트폰을 꺼냈다.

"이 녀석인데……."

눈앞의 스마트폰 화면을 유아는 왠지 한심한 기분으로 쳐다보았다.

모두가 나를 배려해주는 건 싫어. 나도 누군가의 힘이 되고 싶어.

어딘가에 가는 것만으로도 도움이 되는 거라면. 캇페이나 야에코가 기뻐해준다면.

머리로는 알고 있는데, 어째서 몸이 움직이지 않는 걸까.

스마트폰을 쳐다보면서 유아는 힘없이 고개를 끄덕였다.

"……6월 30일 밤, 오기와라 씨랑 공원에 같이 있던 건 이 사람."

캇페이는 "땡큐" 하고 머리를 쓰다듬어 주었다.

몸이 다쳤을 때 아파서 움직일 수 없는 것처럼, 마음에 깊은 상처를 입으면 아무것도 할 수 없다.

그럴 때에는 몸의 상처와 마찬가지로 마음의 상처 역시 천천히 쉬면서 회복해야 한다. 유아가 혼자 방에 틀어박혀 누구와도 만나지 않게 된 것에 대해, 의사는 야에코에게 이렇게 설명했다고 들었다.

몸이 다쳐서 움직이지 않으면 체력이 떨어지는 것과 같이, 마음의 상처로 기력도 쇠해지는 것은 아닐까…?

(어째서 같이 경찰서에 못 간 거지?)

캇페이와 야에코가 함께 한다면 불안할 것은 없을 텐데.

고민을 거듭한 끝에, 스스로를 북돋을 기력이 없어진 것일지도 모른다는 결론에 다다랐다.

(움직여야 해. 언제까지 여기에 있을 수만은 없어…….)

처음으로 그런 초조함을 느꼈다.

이불 속에 있는 것 같은 이 포근한 생활에 익숙해지면 점점 몸도 마음도 약해질 것이다. 이제까지와는 전혀 다른 불안이 생겨났다.

캇페이는 실망했을까?

모처럼 바깥에 나가자고 했는데, '부탁해'라고도 말했는데, 유아가 기대에 부응하지 못한 것에 질려버리지는 않았을까.

이제 더 이상 만나러 오지 않으면 어떡하지?

다음 날 아침, 유아는 신문을 읽었지만 어떻게 해도 내용에 집중하지 못했다.

평소 같으면 테이블에 신문을 펼쳐 집중했었는데, 오늘은 글자를 눈으로 좇을 뿐, 내용이 전혀 머리에 들어오지 않았다.

캇페이에게 버림받을지도 모른다는 걱정이 가슴을 옥죄

었다.

그 순간.

"안녕하세요."

현관에서 누군가의 목소리가 들리자 유아는 뒤를 돌아보았다.

그러나 거기 있는 것은 근처에 사는 주부로 보이는 사람이었다. 책을 반납하러 온 것 같다. 이쪽을 쳐다보고 미소를 띄운 채 야에코에게 말했다.

"누구예요? 처음 보는 아이네."

"제 손녀랍니다."

"어머, 손녀예요? 너무 예쁘네."

그런 대화가 접수 카운터에서 들려왔다.

신문 읽는 척을 하며 유아는 휴, 하고 한숨을 쉬었다.

오늘은 몇 번이나 같은 걸 반복한 거지?

곧 오후 2시. 여느 때라면 이미 다 읽고도 남았을 신문들이 오늘은 아직 여기저기에 쌓여있다.

다시 신문에 눈을 돌린 그 순간.

입구에서 쿵쿵, 활기찬 발소리가 들려왔다.

"……?!"

이번에야말로 기대하는 마음으로 입구를 돌아보았다. 거기에 있던 것은?

"안녕하십니까! 유아, 카레 사왔어!"

도서관에 쩌렁쩌렁 울리는 신난 목소리와 식욕을 자극하는 카레 향에 유아는 의자에서 튀어올랐다.

달려오는 유아를 안으며 캇페이는 놀란 듯이 말했다.

"어라? 다른 손님들도 있는데 나와 있어도 되는 거야?!"

의외라는 듯한 물음에 유아는 말없이 고개를 끄덕였다.

캇페이는 유아의 머리를 쓰다듬었다.

"대단하네! 장하다, 장해."

"지금 살고 있는 아파트는 여기. 직장 근처. 본가는…… 이쯤."

앤티크 풍 소파에 앉아 카레를 먹으며 캇페이가 지도를 가리켰다.

언제나 그렇듯 캇페이는 돈가스 카레, 유아는 시금치 카레이다.

도서관 안은 음식물 반입 금지인 탓에 비밀의 방에서 늦은 점심을 먹는 참이었다.

유아는 좁은 테이블 위에 늘어놓은 23구의 지도를 내려다보았다.

캇페이의 본가도 아파트도 시내. 전철을 타고 가면 그렇게 멀지는 않다.

"본가에는 자주 가?"

"아니, 그렇지도 않아. 일이 바쁘니까. 내가 가진 않고 어머니가 가끔씩 음식을 갖다 주러 오셔."

"흠."

캇페이의 성격을 보면 어떤 가족인지 알 것 같은 기분이다. 분명히 좋은 분들이겠지.

사이좋은 가족 관계를 부러워하며 맞장구를 쳤다.

"좋은 엄마네."

"할 일이 없는 거겠지. 누가 있는 것도 아니고."

"엥, 그래도……."

여동생이 있다고 하지 않았나?

물어보려다가 급히 삼켰다. 캇페이는 그 이야기는 별로 하고싶어 하지 않는 것 같으니까.

그러나 입을 다문 모습을 보고 눈치를 챘는지, 그는 눈을 감고 대답했다.

"여동생은 이제 없어."

"없어……?"

"죽었어. 4년 전에."

카레를 먹으며 아무 일도 아니라는 듯 말했다.

(그렇지만…….)

상대방의 감정에 민감한 유아에게는 캇페이의 마음이 전해졌다.

아무렇지 않은 척하고 있을 뿐, 캇페이에게 그 이야기는 아직 과거가 아니었다.

어쩌면 마음의 상처가 되어있을 지도 모른다.

다른 이야깃거리를 찾아야 하는지 조금 고민한 뒤 유아는 솔직하게 물어보았다.

"캇페이가 여기에 오는 이유는 그거 때문이야?"

사건에 대한 정보를 대부분 얻은 후에도 이렇게 만나러 와주는 데에는 무언가 특별한 이유가 있는 것일까.

유아에게서 죽은 여동생을 보고 있는 것일까?

"아, 그러네. 그런 것도 있어."

남은 카레를 섞으며 중얼중얼 이야기하기 시작했다.

여동생의 이름은 하루나.

4년 전, 고등학교 1학년이던 그녀는 어느 날 갑자기 스스로 목숨을 끊었다.

하교 중 전철 선로에 뛰어든 것이다.

유서는 없었고, 하루나가 어째서 그런 행동을 했는지 아직 아무것도 밝혀지지 않았다.

"고민이 있었던 걸지도 몰라. 그래도 나는 옛날부터 이렇게…… 둔해서. 아무것도 몰랐어. 걔가 죽을 만큼 괴로웠을지도 모르는데. 같이 살고 있으면서도 전혀 몰랐어."

캇페이는 이를 꽉 깨물고 말했다.

하루나는 어른스럽고 조용한 성격이라 모두에게 사랑받았다고 한다. 사이좋은 친구도 있고, 공부도 그럭저럭 잘했고, 동아리 활동도 즐겁게 참여했었다.

"친구 말로는 자살하기 며칠 전부터 조금 이상했다더라. ……그 아이들도 어떤 일이 있었는지는 몰랐다고 하네."

이야기를 들으며 지도를 바라보던 유아의 머릿속에 확 떠오르는 무언가가 있었다.

지도에 적힌 지명. 캇페이의 본가가 있다고 하는 그 마을, 그리고 4년 전.

두 개의 정보가 연결되자 기억의 서랍이 하나 열렸다.

(그래. 전에 신문에서 읽었던 기사…….)

유아의 눈은 마을의 이름을 향한 채 미동도 하지 않았다.

"유아를 처음 봤을 때 부터 하루나가 어릴 때랑 분위기가 비슷하다고 느꼈어. ……그래서 어쩌다보니 내버려 둘 수가 없었던 것 같아. ……유아? 저기요?"

캇페이가 눈앞에서 손을 흔들었다.

"무슨 일이야?"

"……부녀자 연쇄 폭행 사건."

"뭐?"

지도 위에 캇페이의 본가가 있는 곳을 손가락으로 가리키며 유아가 말했다.

"여기서 같은 수법의 폭행사건이 2년 동안 5건이나 발생했다고 신문에서 읽었어. 피해 신고가 접수된 게 5건인데 실제로는 더 많았을 가능성이 있다고…… 3년 전에 읽었어."

"……."

캇페이는 놀란 듯 입을 다물었다. 그러나 점점 창백해지는 것이 한눈에 보였다.

"그래서?"

재촉하는 듯한 목소리는 평소보다 훨씬 낮아서 유아는 깜짝 놀랐다.

(화났나……?)

그것도 꽤나 강렬한 분노를 느끼고 있는 것 같았다.

민감한 유아가 그걸 한 번 감지하니, 빙판 위에 서 있는 기분이 들었다.

목이 바짝 타들어가 목소리가 나오지 않았다.

상대방의 격렬한 감정을 마주하면 머릿속이 하얘진다.

"그니까, 그래서 뭐냐고?"

재차 되묻는 차가운 목소리에 유아는 크게 고개를 저었다.

"……아무것도 아니야……."

"하루나가 그 사건의 피해자라고 말하고 싶은 거야?"

"아니……."

"아닌 게 아닌 거 같은데. 왜 갑자기 그런 걸 말하는 건데?"

"……."

사람을 자살에 몰아갈 정도의 고통이 무엇인지 유아는 알지 못했다.

그저 학교 생활에서의 원인도 없다면, 다른 사건이 계기가 된 것일지도 모른다고 생각한 것이다. 그리고 그 지역에서 특별한 사건이 있었는지 떠올려보니, 신문에서 읽었던 기사를 떠올린 것이다.

그것이 이렇게 캇페이를 화나게 할 줄도 모르고.

"죄…… 죄송합니다……."

유아는 두려움에 고개도 들지 못하고 카레를 쳐다보며 작게 말했다.

쳇, 혀를 차며 캇페이는 벌떡 자리에서 일어났다.

"오늘은 이만 갈게."

다 먹은 카레 그릇을 재빠르게 정리하며 그렇게 말했다. 소파 등받이에 걸어 놓은 재킷을 들고 빠르게 나선계단을 걸어 내려갔다.

충격으로 얼어붙은 유아는 그 뒷모습을 보며 한 번 더 말했다.

"죄송해요……."

간신히 목소리를 쥐어짜내자 눈앞이 뜨거워졌다.

유아의 말을 듣자마자 창백해진 캇페이의 얼굴을 떠올렸다. 굳은 얼굴, 어두운 표정.

말이 심했던 것일지도 모른다.

늦게나마 이해 하고나니 눈물이 차올랐다.

[부녀자 연쇄 폭행 사건]이 어떤 사건인지 구체적으로 알지 못한다. 그래도 그건 캇페이가 절대로 여동생과 연관 짓고 싶지 않았던 것 같았다.

사라져버린 상대방을 향해 열심히 빌었다.

캇페이가 사다준 시금치 카레의 위에 뚝뚝 눈물이 떨어졌다.

슬퍼서, 너무 슬퍼서 눈물이 멈추지 않았다.

괴로움에 목이 졸린 것처럼 얼굴이 구겨졌다.

"미안……해요…….."

눈물이 멈추기는커녕 점점 더 거세게 흘렀다.

먹다 남긴 채로 정리된 돈가스 카레를 보며 유아는 그 후로도 몇 번이나 사과했다.

(아, 젠장! 무슨 짓을 한 거야…….)

도서관을 뛰쳐나온 캇페이는 한여름 더위 속 역으로 향하는 언덕을 걸어가며 자책하기 시작했다.

본가에서 그렇게 멀지 않은 지역에서 여성이 급습 당한 사건은 당시에도 알고 있었다. 그럼에도 불구하고 하루나와 그 사건을 연관 지어 생각해본 적은 한 번도 없었다.

당연히 의심해볼 만한데도!

(오히려 나는 왜 눈치 채지 못한 거지?)

분노를 참지 못하고 동요한 나머지 유아에게 화풀이를 했다.

(그건 아니지…….)

유아는 잘못이 없다.

혼날 만한 짓은 아무것도 하지 않았다.

오히려 중요한 정보를 준 것일지도 모른다.

(신경 쓰일까? 신경 쓰이겠지. 아, 엉망진창이네…….)

방을 나오는 캇페이에게 필사적으로 사과하던 유아의 목소리를 떠올렸다. 전에도 캇페이에게 혼이 나서 울었을 때의 얼굴도.

캇페이의 엉뚱한 화풀이를 유아는 지금쯤 얼마나 신경 쓰고 있을까.

(미안. 나중에 제대로 사과할게.)

지금은 여동생의 죽음의 진상을 밝힐 단서가 될지도 모르는 그 사건 때문에 다른 것을 생각할 틈이 없다.

(아니, 아직이야. 아직 그렇다고 확정지을 수는 없어…….)

숨 막히는 더위에 맺히는 땀을 손등으로 닦아내고 역의 개찰구를 통과해 계단을 서둘러 내려갔다.

플랫폼에 있는 전철에 올라타자마자 스마트폰을 꺼내 4년 전 사건을 검색했다. 그러나 유아가 말했던 것 이상의 정보는 없었다.

인터넷에 있는 뉴스는 전부 3년 전, 같은 날짜에 발표된 것들뿐이었다.

부녀자 연쇄 폭행 사건은 반경 1km 이내, 2년간에 걸쳐 5건이나 일어났다. 범인의 인상착의와 수법이 매우 비슷한 탓에 경찰은 동일범의 소행으로 보고 조사를 실시했다.

……그것뿐이다.

텐진경찰서에 돌아가자마자 캇페이는 노트북 앞에 앉아, 공유 데이터 베이스를 이용해 당시 그 사건에 대해 찾아보았다.

기록에 의하면 신문 기사가 발표된 후에도 두 차례 사건이 발생했다. 범행 현장은 매번 달랐으나 늦은 시간이 되면 어두워서 인적이 드문 곳뿐. 따라서 범인은 그 주변 지리에 밝은 인물로 추정된다?

자료를 읽다보니 파도가 밀려오듯이 피가 거꾸로 솟는 것이 느껴졌다.

"이럴 수가……."

피해자는 전원 고등학생. 그것도 도립 료세이 고등학교.

하루나가 다니던 학교의 학생들뿐.

가슴이 빠르게 쿵쾅거리기 시작했다.

피해를 입은 학생들은 전부 늦은 시간에 하교하던 중, 인적이 드문 곳에서 습격을 당했다.

"……."

마지막 항목에 쓰여있는 [미해결]이라는 글자에, 캇페이는 노트북 앞에 엎드려 머리를 감쌌다.

4년 전, 갑자기 덮친 비극은 아직도 가족들의 마음의 짐으로 남아있다.

부모는 딸이 목숨을 끊은 이유를 찾기 위해 몇 번이나 딸의 유품을 뒤졌다. 캇페이는 여동생이 어떤 신호를 보냈던 것은 아닐까, 무언가 발견할 만한 것은 없었는지 끝없이 고민했다.

아직도 머릿속 어딘가에서 여전히 생각하고 있다. 평소에는 의식하지 않고 있지만, 잊은 적은 없다.

(하루나가 자살한 원인이 이 사건이라고 단정 지을 순 없어……. 그래도……?)

"캇페이, 왔어?"

오쿠무라가 말을 걸자 캇페이는 깜짝 놀라 고개를 들었다.

"……아, 네."

자연스럽게 노트북을 닫으며 뒤를 돌아보자 오쿠무라는

털썩 의자에 앉았다.

"그 녀석 안 되겠어. 말을 한 마디도 안 해! 어린놈이 아주 우습게보고 있다고."

"……아아."

어제 붙잡은 오기와라 테츠지 사건의 중요 참고인인 소년. 아니, 청년의 이야기이다.

이름은 모로즈미 나오야. 19세.

도내의 고등학교를 중퇴한 후 아르바이트로 생활을 이어가는 프리터다.

관계자에 의하면 1년 정도 전 부터 돈벌이가 좋지 않았다고 한다. 또, 과거에 절도와 상해죄로 자택기소를 받은 적도 있다. 그 때문에 폭력적이고 난동을 부리면서도, 경찰에 대해 잘 알고 있는 듯하다.

오기와라 살해에 대한 사정청취에서는 "아무것도 모른다. 오기와라 라는 사람도 모른다. 살해 전에 만난 것은 내가 아닌 다른 사람이다"를 반복하고 있다.

"어찌됐든 목격 증언 외에 증거가 없으니까. 본인이 아니라고 하면 우리도 어떻게 할 수가 없다는 거야."

오쿠무라가 거칠게 말했다.

애초에 공무집행 방해죄로 체포했으나, 상해를 입지 않았기 때문에 기소가 가능할지 어떨지도 모호하다. 구류 가능한 시간에도 한계가 있다.

그 사이에 사건에 관련되어 있다는 증거, 혹은 오기와라와 모로즈미의 연결고리를 증명할만한 것을 찾아내지 못하면 끝이라는 것을 떠올렸다.

캇페이는 사건에 정신을 집중했다.

"가사이에 대해서는 뭐라고 했습니까?"

"아무 반응도 없어. 입만 다물고 있어. 그쪽은 어때?"

"둘의 알바 경력을 중심으로 찾아보고 있는데, 지금 상황으로는 아무것도……."

형편없는 대답에 오쿠무라는 한숨을 쉬었다.

"알바하던 곳들, 다 돌아봤어?"

"아니요, 아직 몇 개 남았는데……."

"좋았어. 가자."

"예……?"

"예는 무슨. 시간 없으니까 빨리 움직여!"

"네."

이미 걸어 나가고 있는 선배의 뒷모습에 캇페이도 서둘러 뒤를 쫓았다.

재킷을 손에 들며 잠깐 노트북 화면을 쳐다보았다.

뭐가 됐든 시간을 내서 료세이 고등학교에, 여동생의 담임이던 선생을 만나 이야기를 들어봐야겠다.

머릿속에 메모해두고 당장은 눈앞의 일에 의식을 집중했다.

"아이가 있어요! 보세요!"

신경질 내며 소리 지르는 엄마의 목소리가 귀에 꽂힌다.

퍽, 등을 미는 감각에 유아는 비명을 지르며 일어났다.

"……아!"

꿈이다. 1년 전, 그날의 꿈.

두근두근 요동치는 가슴에 미간을 찌푸린 채 가늘고 깊게 숨을 쉬었다.

그냥 잠들기도 힘든 여름 밤, 유아는 더워서 흐르는 땀이 아닌 식은땀을 잔뜩 흘렸다.

감정이 불안정할 때에는 과거의 안 좋은 기억들이 새록새록 떠오른다.

잊혀지지 않는 유아의 기억들은 모두 선명했다.

풍경뿐만 아니라 감촉이나 생생한 감정까지, 전부 떠올랐다.

악몽의 여운에 눈이 떠졌지만 조금씩 졸음이 쏟아졌다. 꾸벅꾸벅 잠에 들자 이번에는 종이조각처럼 기억의 단편들이 둥실 떠올랐다.

유아가 초등학교에 입학할 때 즈음부터, 유아의 아빠는 집에 오지 않는 날이 많아졌다.

엄마는 일이 워낙 바빠서 돌아오지 못 하고 있다고 주위에 설명했다.

그러나…….

엄마와 둘이서 밥을 먹고, 단둘이서 잠을 자고, 단둘이서 휴일을 보냈다.

매일 아무렇지 않은 생활 속에서 엄마는 항상 같은 말을 했다.

유아를 쳐다보다가 갑자기 그녀는 말했다.

"조금 더 아이 같았으면 좋았으련만."

"조금 더 평범한 아이였다면, 그 사람도 사랑해줬을 텐데…….."

아빠가 집에 오지 않는 이유가 자신의 존재 때문일지도 모른다고 느꼈다.

유아는 아빠를 사랑했지만, 아빠는 유아를 사랑하지 않는다고 조금씩 깨닫기 시작했다.

"……."

이번에는 조용히 눈이 떠졌다.

볼을 타고 흐르는 눈물 때문에 잠에서 깼다.

가슴이 찌릿찌릿 아팠다. 잠에 들면 악몽밖에 꾸지 않는다. 밖은 아직 어두운 걸 보니 아침이 오려면 한참 멀었다.

뒤척이며 잠에 들기 위해 눈을 감았다. 그 순간이었다.

"하루나가 그 사건의 피해자라고 말하고 싶은 거야?"

캇페이의 차가운 목소리를 떠올리자 또 눈물이 흘렀다.

(항상 다정했는데…….)

그렇게도 친절하게 유아와 친구가 되어주었는데, 유아는 캇페이를 화나게 했다.

그것도 꽤나.

다음에 그를 만나는 것이 무섭다. ……아니, 어쩌면 두 번 다시 못 만날지도 몰라…….

불안이 덮쳐와 점점 눈이 뜨거워진다.

"……흑……."

슬프고 고통스러워서 괴롭다. 눈물이 멈추지 않는다.

어째서 항상 이런 걸까? 자책은 끝이 없고 기분은 끝도 없이 가라앉았다.

계속 평화로웠는데. 아무것도 일어나지 않는 평온한 일상에서 살짝 발을 내딛으려 한 순간, 이렇게 돼버렸다.

역시 유아는 야에코가 아닌 다른 사람과 마음을 나눌 수 없는 것이다.

주제를 모르고 욕심을 부리니 이런 결말이 된 것이다.

상처 주고, 상처 받는 것 뿐. ……도서관에 틀어박히기 전처럼.

(공기처럼 되고 싶어.)

누구에게도 방해받지 않고, 배려받지 않아도 되는, 누구에게도 보이지 않는 존재가 된다면 얼마나 편할까?

(사라지고 싶어……)

침대 속에서 눈을 질끈 감고 목소리를 죽이고 흐느끼면서 미칠 듯이 빌었다.

그렇게 된다면 더 이상, 다른 사람이 나쁜 감정을 느끼는 일도 없을 텐데.

(이제 아무 말도 안 할래……)

쓸데없는 말은 더 이상 절대로 하지 않을 것이다. 그렇게 결심했다.

사건에 대한 이야기도 두 번 다시 하지 않을 것이다.

예를 들어 하루나가 자살하고 1년 정도 지나, 캇페이의 본가 근처에 있는 국도에서 료세이 고등학교 교사 한 명이 사고사 당했다는 기사를 읽은 기억이 있다고 해도.

그런 쓸데없는 것을 또 말할 수는 없다, 절대로.

"어머어머, 캇페이 씨. 안색이 안 좋아요……!"

"조금…… 요새 못 와서 죄송했습니다……. 바빠서……."

야에코는 눈을 동그랗게 뜨고 유유히 [책벌레]를 방문한 캇페이를 맞이했다.

어색한 작별을 하고 3일. 유아가 신경 쓰였지만 좀처럼 시간을 낼 수 없어서 3일간 공백이 생겼다.

지금 이 시간도 원래는 서에서 낮잠을 취해야 하는 시간이다.

취조가 끝나면 또 취조, 계속 조사가 이어졌다. 조사대상에 야근을 주로 하는 프리터가 많은 탓에 밤에도 쉴 수가 없었다.

거기다가 상경한 가사이가 오락실에서 모로즈미를 포함한 청년들과 가끔씩 같이 놀았다는 증언이 나오고, 취조의 범위가 넓어지고 있었다.

죽은 오기와라가 사건 전에 말다툼을 하고 있었던 모로즈미와 오기와라가 신원을 확인하려고 했던 가사이.

두 사람에 대한 새로운 정보도 나왔다.

한 달 전쯤, 가사이는 모로즈미와 여자 문제로 트러블이 있은 후로 신주쿠 일대에서 모습을 감췄다고. 그후 행방에 대해서는 아무도 알지 못했다.

또한, 언제나 모로즈미와 함께 있는 청년들도 3일 전부터 행방이 묘연해졌다.

3일 전은 캇페이가 모로즈미를 체포한 날이다.

(아니야. 일단 그런 건 놔두고…….)

캇페이는 일로 복잡한 머리를 세차게 흔들고 야에코에게 물었다.

"죄송합니다, 유아 불러주실 수 있나요?"

"그럼요, 잠시만 기다려주세요."

그렇게 말하고 야에코는 서가 뒤편으로 사라졌다. 5분 정도 지나 야에코 혼자서 돌아왔다.

열람 코너의 테이블에 앉아 있는 캇페이에게 미안한 표정으로 고개를 저었다.

"미안해요. 아직 좀 그런 것 같아요……."

사실 3일 전부터 유아는 비밀의 방에 틀어박혀 한 발짝도 밖으로 나오지 않았다고.

야에코가 상담 전화를 했으나 캇페이는 어찌해야 할지 몰랐다.

야에코는 곤란한 표정으로 머리를 숙였다.

"다음에 또 오겠습니다. 사과하고 싶다고 전해주세요."

"몇 번이나 말 했는데 계속 못 만나겠다고……."

"……그렇습니까?"

"저기, …화난 건 아니에요. 그냥 마음을 닫고 자기 세계에 틀어박혀 있는 것 같아요……."

즉 3일 전 그 태도에 상처를 받았다는 뜻이겠지.

캇페이는 어깨를 축 늘어뜨리고 고개를 숙였다.

"죄송합니다. 제 탓이에요……."

야에코는 고개를 살짝 끄덕이고 말했다.

"유아는 섬세한 아이예요. 상대방의 감정을 민감하게 받아들이는 만큼 회복하는 데에도 시간이 걸려요."

"이런 적이 또 있었나요?"

"네, 1년 전쯤?"

"1년 전……?"

그건 유아가 이 도서관에서 생활하기 시작한 때가 아닌가.

"부모의 이혼을 자기 탓이라고 생각해서……."

"그럼, 히키코모리가 된 원인은 부모의 이혼……?"

야에코는 고개를 끄덕였다.

"네……."

한숨을 깊게 쉬며 고개를 돌렸다.

"물론 그건 사실이 아니에요. 이혼과 유아는 아무 상관없어요."

그녀의 설명에 따르면 원인은 둘의 성격 차이라고 한다. 유아의 아빠 후쿠미네 다이스케는 쾌활하고 화통한 성격에 슬롯 머신과 야구관전, 게임이 취미이다. 즉, 공부와는 연이 없는 사람이다.

"그니까, 조용하고 머리 좋은 딸을 감당하기 힘들어 했던 건 사실이었던 것 같아요. ……그래도 그는 딸보다 부인인 시오리를 더 어려워했어요. 이혼은 그것 때문이에요."

야에코는 딱 잘라 말했다.

"시오리는 제 딸이지만 뭔가에 집중하면 주변이 안 보이는 타입이라……."

다이스케와의 연애도 애초에 시오리의 일방적인 구애로 시작했지만 다이스케는 동료 여성과 사귀기 시작해 시오리와 헤어지려고 했다. 그때, 시오리가 임신한 것을 알게 된 것이다.

그 이야기에 캇페이는 '흐음' 하고 미묘한 표정을 지었다.

사단이 날 것 같은 예감이 든다.

야에코도 떨떠름하게 고개를 끄덕였다.

"책임을 진다는 명목으로 결혼한 거예요. 제 3자 입장에서 봐도 다이스케 씨는 내키지 않는 모습이었지요. 그래도 시오리는 그를 너무너무 좋아해서. 몇 년인가 지나고 그가 이혼 이야기를 꺼냈을 때 대꾸도 하지 않았대요."

"……."

직업 특성상 캇페이는 남녀의 치정 관계를 자주 목격한다.

그 경험에서 통감한 것은 사람 마음은 묶어둘 수 없다는 무정한 현실뿐.

시오리의 감정이 깊어지면 깊어질수록 남편은 부담스러워했을 것이다.

다이스케는 집에 돌아오지 않게 되어 별거 중이었다고 한다.

그리고 1년 전, 결정적인 사건이 일어났다.

"사건?"

야에코의 얼굴에 구름이 드리웠다.

"엄마와 쇼핑하러 나갔을 때, 유아가 본 거예요. 아빠가 모르는 여자랑 걷고 있는 모습을."

인파 속에서 아빠를 발견하자, 유아는 아빠를 향해 뛰어갔다.

그러나 모르는 여성과 나란히 걸으며 편하게 웃고 있는 아빠의 얼굴을 보자 "아빠"라는 소리가 목에 걸렸다.

조금 지나고 쫓아온 엄마는 유아에게 그 이야기를 듣자 주변을 뛰어다니며 둘을 찾으려고 했다.

뛰어다녀도 둘의 모습은 보이지 않았고, 집에 돌아와서 유아에게 사진과 명부를 내밀었다.

"아빠랑 같이 있던 여자, 이 중에 있어?"

웃고 있는 엄마가 그렇게 무서웠던 건 처음이었다.

유아는 엄마의 말대로 사원 명부를 훑어보고, 아빠와 같이 있던 그 여성을 발견했다.

머리 모양이 조금 다르고, 유니폼과 사복을 입었을 때의 분위기도 달랐지만 유아의 눈은 정확했다.

엄마는 이 사람, 하고 가리킨 손가락 끝에 얼굴을 들이밀어 빤히 쳐다보았다. 그리고 며칠 안 있어 사진 속 인물의 집 주소를 알아냈다.

"갈 거야. 아빠를 되찾아와야지."

엄마는 무서운 얼굴로 유아의 손을 잡고 그 사람 집에 쳐들어갔다.

맨션의 계단 옆에 있는 방이었다.

엄마는 현관으로 나온 여자에게 아빠와 헤어져달라고 세게 말했다.

점점 커지는 비난의 목소리가 유아의 귀를 찔렀다.

원체 유아는 소음, 싸우는 소리를 싫어한다. 엄마가 감정적으로 큰 소리를 내고 있는 동안 귀를 막고 있었다.

엄마는 그런 유아의 등을 밀어 앞에 내세웠다.

"사람 집을 풍비박산 내놓고, 비상식적인 행동이라고 생각 안 하세요? 아이도 있다고요! 보세요!"

그 여자는 현관에서 난동을 피우는 엄마를 보며 미간을 찌푸렸다.

그리고 어느 정도 엄마의 난리가 잦아들자 깔보듯이 웃으며 여유롭게 말했다.

"그 사람은 꼭 이혼할 거라고 약속해줬어요. 부인을 사랑하지 않는다고. 거기다가?"

여운을 남긴 채 말을 끊고 아랫배에 손을 올렸다.

"아이는 여기에도 있어요."

대화가 끝나자 긴 침묵에 휩싸였다.

그 뒤로 어떻게 됐는지는 생각하고 싶지 않다.

순간순간 확실하게 기억하고 있다.

비명을 지르며 여자에게 뛰어든 엄마의 모습도, 그런 엄마의 머리채를 휘어잡은 여자도.

싸우다가 동시에 계단으로 굴러 떨어진 것까지도.

"……유아는 그걸 다 본 거예요?"

굉장한 이야기에 몰두해 물어볼 필요도 없는 질문을 했다. 야에코는 고개를 끄덕였다.

"눈앞에서. 상당히 충격이었는지 한동안 멍하니 있었어요."

(그렇겠지…….)

그런 아수라장은 어른들한테도 충격적인 일일 것이다. 아직 어린 데다 보통 사람들보다 배는 섬세한 유아에게는 더더욱 견디기 힘든 일이 틀림없다.

"다행인 건, 정말 다행인 건 둘 다 가벼운 부상으로 끝났는데 그 여자가 시오리를 살인미수로 고소한다고 해서."

"아, 뭐……."

"이혼 해주는 걸로 고소는 피할 수 있었어요."

무거운 말투로 야에코는 이야기를 끝냈다.

"그래서 유아는 여기로 온 건가요?"

"네. 그 사건이 있고 나서…… 시오리는 친구 소개로 숙식

제공이 되는 호텔 일을 시작하게 됐어요. 아이는 데리고 갈 수 없는 곳이기도 하고, 유아가 여기서 살고 싶다고 해서……."

"그렇군요."

"유아는 그때의 충격에서 헤어 나오기까지 1년이 걸렸어요."

설명을 듣고 캇페이는 흠, 하고 생각했다.

유아가 이 도서관에서 사는 이유를 알게 되었다. 그러나 3일 전의 일은 무슨 상관이지? 틀어박혀 있는 이유를 잘 모르겠다.

고개를 갸우뚱하며 "저기……" 하고 말을 꺼냈다.

"유아는 저한테 화가 난 게 아니라고 하셨는데요?"

"네."

"그럼 왜 안 나오는 거예요? 저는 사과하고 싶은 것뿐인데……."

품고 있던 작은 의문을 말하자 야에코는 살짝 미소 지었다.

"아마도, 자기가 캇페이 씨를 화나게 했다고 생각해서 상처받은 거예요."

"화나게 해서 상처 받아요?"

설령 누군가를 화나게 했다고 치자, 일단은 사과하면 될 일이 아닌가?

(왜 거기서 상처를 받지?)

아무리 생각해봐도 잘 모르겠다. ……하지만 유아가 고민하는 게 자기 때문이라면 그냥 놔둘 수는 없다.

"또 오겠습니다. 그래도 그렇게 간단한 것도 눈치채지 못한 저 자신한테 화가 났던 거라고, 유아한테 화가 난 게 아니라고…… 전해주세요."

묘한 표정으로 그렇게 말하자 야에코는 고개를 끄덕였다.

그리고는 2층을 올려다보고 작게 웃었다.

"괜찮을 거예요. 이번에는 분명 금방 괜찮아질 거예요. 이렇게 매번 와주시는 캇페이 씨의 마음을, 분명 유아도 느끼고 있을 테니까요."

도서관에서 나와 시계를 보니 오후 2시가 되어 있었다.

폐 속까지 타는 듯한 더위 속에도 도서관 뒤편 공원에는 아이들이 놀고 있는 모습을 엄마들이 지켜보고 있다. 소리 지르며 뛰노는 모습에 전에 본 적 있는 듯한 기분이 들었다.

하루나가 아직 어렸을 때, 캇페이는 곧잘 하루나와 함께 놀았다.

일 때문에 바쁜 부모님을 대신해 나름대로 열심히 챙겼다. 그러나 캇페이가 고등학교에 입학하고 여동생이 초등학교 고학년이 되자 점점 둘의 사이는 예전만 못 했다.

하루나가 혼자서도 무엇이든 할 수 있게 된 것과, 점점 넓어지는 새로운 세계에 집중하느라 다른 것에 신경을 쓸 여유가 없었던 것이 이유였다.

그러니 더더욱 여동생의 죽음은 청천벽력이었다.

이유가 무엇인지 생각하며 과거를 돌아보고 할 말을 잃었다. 1년 가까이 인사 외에는 제대로 대화해본 적도 없었다.

좀 더 신경 썼더라면 뭐라도 알아챌 수 있지 않았을까. 힘이 될 수 있었던 건 아닐까?

가슴을 찌르는 자책이 목을 죄어 캇페이는 공원 구석에 있는 벤치에 홀로 앉았다. 스마트폰을 꺼내 여동생이 다니던 고등학교의 번호를 검색해 전화를 걸었다.

도서관을 올려다보았으나 비밀의 방 창가에는 아무도 없었다.

낙담하고 있는 사이 연결음이 3번 정도 울리고, 누군가가 전화를 받았다.

"네, 료세이 고등학교입니다."

"아, 죄송합니다. 그 학교에 다니던 학생의 오빠 되는 사람인데요, 다메사카 선생님 계십니까?"

여동생의 담임이던 사회 교과 선생의 이름을 말하자 상상도 못 한 대답이 돌아왔다.

"다메사카 선생은 안 계십니다. 3년 전에 사고로 타계하셔서……."

"예…… 사고? 무슨 사고요?"

"교통사고요……."

"실례합니다. 어떤 사고였나요?"

"글쎄요, 자세한 건 저도 잘 모릅니다. 조금 바빠서 실례하겠습니다."

캇페이의 추궁이 수상했는지, 매몰차게 전화가 끊겼다.

"……."

스마트폰을 귀에 댄 채로 멍하니 있었다.

뭘까? 무언가가 신경 쓰인다.

논리적으로 설명할 순 없지만, 그 교통사고는 뭔가 의미가 있다고 캇페이의 감이 말하고 있었다.

잠시 생각한 후 캇페이는 벤치에서 일어났다.

역으로 향해, 경찰서와는 반대 방향의 전철을 탔다. 두 정거장 뒤 내려 환승하고 30분 뒤 목적지에 도착했다.

큰 역에 붙어 있는 복합 시설이었다. 그 안에 위치한 편집숍을 향해 젊은 여성들뿐인 가게 안으로 들어갔다.

에어컨이 틀어진 시원한 가게 안에서 캇페이가 찾는 사람이 진열대를 정리하고 있었다.

갈색으로 염색한 긴 머리를 느슨하게 묶고 깔끔하게 화장을 했다.

20대 초반으로 보이는 젊은 여성은 캇페이를 보고 빨갛게 바른 입술을 크게 벌렸다.

"캇페이 오빠……."

눈을 동그랗게 뜨고 빤히 쳐다보는 이 사람은 코노 메이. 하루나의 친구이다.

같은 중학교 출신으로, 아마도 고등학교에서 가장 친하게 지냈다.

"오랜만. 잠깐 시간 돼?"

캇페이가 말을 걸자 메이는 당황하는 모습으로 가게를 둘러보았다.

"아, 잠깐만. 밖에서 기다려줘."

작은 목소리로 말하고 가게 안쪽으로 사라졌다. 가게 밖에 바로 있는 기둥에 기대 스마트폰을 만지며 기다리기를 2, 3분.

가게에서 나온 메이가 미안한 얼굴로 말했다.

"시간 걸려서 미안……."

"아니, 나도 갑자기 와서 미안. 대학은? 어때?"

"어떠냐니…… 그냥 그래. 아, 금방 돌아가야 되는데……."

"아, 그래. ……하루나 관련해서 좀 물어보고 싶은 게 있어서."

"미안."

캇페이의 말이 끝나자마자 그녀는 고개를 숙이고 대답했다.

"더 이상 생각하고 싶지 않아."

"메이……?"

"미안해. 하지만……."

작은 목소리에 힘이 들어갔다.

그런 메이의 기분을 생각하며 캇페이도 덧붙여 말했다.

"알겠어. 나도 같은 마음이야. 근데?"

친하게 지냈던 만큼, 하루나가 자살했을 때 메이는 누구보다도 격렬하게 울부짖었다.

캇페이와 가족들을 위해 필사적으로 자살의 원인을 찾아내려 했다. 혼자 학교 관계자들에게 이야기를 들으러 다니는 등, 정말 열심히 해주었다. 그러나 결국 이렇다 할 성과는 무엇 하나 없었다.

그때의 허무함이 되살아난 것일까, 고개를 가로저으며 작은 목소리로 말했다.

"겨우겨우 잊었는데! 더 이상 생각하기 싫어……."

"메이?"

"나도 슬프고 화가 나, 그니까……."

머리를 거세게 흔드는 하얀 얼굴은 창백하게 질려있었다.

조금 이상했다.

동요하는 모습이 수상해서 캇페이는 자기도 모르게 메이의 손목을 잡아챘다. 그러자, 메이의 손이 떨리고 있는 것이 느껴졌다.

"메이? ……왜 그래? 무슨 일 있었어?"

최대한 부드럽게 물어보았지만 그녀는 고개를 숙인 채로 거세게 고개를 저었다.

"알바, 돌아가야 돼……."

붙잡혀 있던 손목을 빼낸 뒤 도망치듯 가게로 향했다.

"메이!"

마치 과거에서 도망치는 듯한 뒷모습을 보며 캇페이는 망연자실하게 지켜보았다.

그러나 가게의 문은 굳게 닫힌 채였다.

4장 유아, 대발견을 하다

"모로즈미, 일단 석방이래."

서에 돌아가자 오쿠무라가 언짢은 얼굴로 으르렁거리듯 말했다.

오기와라 살인 및 가사이 실종에 관한 중요참고인으로서 서에 붙잡아두고 있었으나, 사건에 관한 진술에서 아무것도 얻지 못했기 때문에 더 이상 붙잡아둘 수 없게 된 것이었다.

"오기와라 교수는 그렇다 치고, 가사이 건은 엄청 수상한데."

"암만 그래도 아직 행방불명인 것뿐이니까."

신주쿠에서 사라진 가사이의 흔적은 실이 끊어지듯 뚝 끊겼다.

평범하게 살아온 17살의 청년이, 이렇게 완전히 소식이 끊긴다는 것은 어찌 생각해도 수상하다. 범인도 아닌 사람이 그런 짓을 할 이유도 없다.

"……가사이, 살아있다고 생각하세요?"

목소리를 낮게 깔고 질문하자, 오쿠무라는 미간을 찌푸리며 고개를 끄덕였다.

"친구들의 전화나 카톡에도 반응 없음. 스마트폰을 바꾼 흔적도 없음. ……스마트폰을 버렸든지, 스마트폰을 만질 수 없는 상황에 있다는 건 틀림없네."

당연하게도 머릿속에 떠오른 것은 오기와라가 갖고 있던 USB에 들어있던 영상이었다.

심야, 산 속에서 몇 명의 젊은이들이 차의 헤드라이트를 조명 삼아 무언가를 묻고 있던 그 영상.

"모로즈미의 친구들을 찾아내는 수밖에 없겠네요."

흐릿하지만 얼굴이 찍힌 두 명은 행방이 묘연해진 동료일 가능성이 높다는 증언을 얻었다.

그들은 무언가 알고 있다. 그런 확신을 갖고 자리에서 일어났다.

오쿠무라는 이미 걸어가고 있었다.

"이제부터는 제대로 증거를 좁혀 가자. 묵비권을 행사한다는 둥 장난질 못 하게."

둘은 나란히 걸어 서를 나온 뒤 지하철을 타고 가사이와 모로즈미가 아르바이트를 하던 신주쿠에 향했다.

다른 형사들과 함께 이미 며칠 동안 하고 있는 일이다.

음식점, 오락실, 노래방, 유흥업소 등. 모로즈미와 동료들의 사진을 들고 최근에 그들을 본 적은 없는지, 어떤 모습이었는지 물으며 수 없이 많은 가게를 돌았다.

정신을 차리니 해가 저물고 저녁 9시가 되어갈 참이었다.

집에 돌아가기 위해 역으로 향하는 회사원들과 지금부터

밤을 즐기기 위해 역에서 나오는 젊은이들로 역은 인산인해를 이루었다.

사람들 사이를 빠져나오듯 걷다보니 오쿠무라에게 전화가 한 통 왔다.

"오쿠무라입니다. ……네, 오기와라 씨. 안녕하세요……."

오쿠무라의 입에서 나온 오기와라라는 이름에 캇페이는 신경을 곤두세웠다.

"네? ……그건? ……카메라? …고양이……?"

대답을 하며 오쿠무라는 손목시계를 들어 시간을 확인했다. 그리고 캇페이에게 눈짓으로 신호를 보냈다.

새로운 정보가 나왔다고.

"……아니요, 감사드립니다. 지금 그쪽으로 가도 될까요?"

두세 마디를 더 주고받은 후 오쿠무라는 전화를 끊었다.

"사모님, 뭐라세요?"

더 이상 참을 수 없던 캇페이의 질문에 오쿠무라는 빠르게 걷기 시작하며 대답했다.

"사건 전후로 집에서 없어진 물건이 있다는 걸 알았대. 집에 없을 때 고양이를 관찰하는 카메라."

"카메라……?"

USB에 들어있던 영상이 뇌리를 스쳤다.

같은 생각인지 오쿠무라가 동의의 눈빛을 보냈다.

"자세한 이야기를 들어봐야지."

"캇페이 씨, 유아는 알아차렸는데 자기는 알아차리지 못해서, 자기한테 화가 났던 거래."

"유아한테 사과하고 싶대."

야에코가 그렇게 말했다.

(보고 싶다…….)

여느 때처럼 비밀의 방의 테이블 위에 책을 펼쳐놓고 유아는 마음속으로 전혀 다른 것을 생각하고 있었다.

(캇페이 보고 싶어.)

별난 아이 취급 하지 않고 평범하게 대해준 사람은 할머니 말고는 처음.

친구라고 부르고 싶은 사람.

강하고 곧은 캇페이와 함께 있으면 자기 자신도 강해질 수 있을 것 같다.

무섭게만 느껴지던 바깥세상도 생각만큼 나쁘지 않은 곳일지도 모른다고 생각하게 되었다.

(그래도…… 그래도……?)

유아의 마음은 보잘 것 없다.

무슨 일이 일어나면 마음을 굳게 먹고 받아들이는 것도, 아예 흘려보내는 것도 할 수가 없다.

한번 상처를 입으면 손 쓸 새도 없이 괴로워하고 작아질 뿐. 길고 긴 시간을 들여 겨우 고통이 잠잠해진다고 해도, 다시 현실 세계와 마주할 용기가 나질 않는다.

효율 낮은 유아의 마음은 유아를 점점 겁쟁이로 만든다.

보고 싶은 마음과, 화나게 했을 때의 무서운 얼굴이 머릿속에서 번갈아 떠오르다가 사라진다.

캇페이는 유아한테 화난 게 아니야? 정말?

어떻게 해도 그 의문에 제대로 마주할 만한 힘이 없다.

우물쭈물 하며 방에 틀어박힌 채로 언제까지나 고민만 하고 있다.

카펫에 쪼그려 앉아, 읽지도 않고 펼쳐놓은 책 페이지를 베고 엎드려 작게 한숨을 쉬었다. 그 때.

쨍그랑!

하고, 이상한 소리가 계단 밑에서 들려왔다.

(뭐지?)

유리가 깨진 소리 같았다. 지금 1층에서는 야에코가 서가의 정리를 하고 있을 텐데…….

유아는 수상하게 생각하며 나선계단을 걸어 내려갔다.

만약 야에코에게 무슨 일이 생겼다면 도움을 요청해야

한다.

그런 상상에 두근 거리는 가슴으로 서가의 모양을 한 비밀의 문을 살짝 열자마자 그 자리에 얼어붙었다.

"……앗."

발이 떨어지지 않아 옴짝달싹 못 하고 있는 유아의 뺨에 시원한 밤바람이 스쳐갔다.

어둠 속에서 불어오는 그 바람에, 불길한 예감이 들었다.

이 시간에는 길이 막히기 때문에 택시보다도 전철을 타는 게 빠르다.

통로를 가로막고 서있는 사람들을 뚫고 오쿠무라와 캇페이는 역의 개찰구로 향했다.

"근데, 왜 이제 와서 카메라가 없어진 걸 알아차린 걸까요?"

앞을 막고 있는 회사원 무리를 피하며 옆을 걸어가던 오쿠무라가 캇페이를 쳐다보았다.

"키우던 고양이는 피해자가 돌보고 있었으니까 카메라도 포함해서 부인이 신경 쓸 일이 없었대. 그리고 그냥 보기에는 평범한 시계 모양에, 주의 깊게 보던 물건도 아니라서 없어진지도 몰랐대."

"아닌 밤중에 홍당무네요……."

"홍두깨겠지."

오쿠무라의 지적이 돌직구처럼 날아와 꽂혔다.

그랬나? 하고 고개를 갸우뚱거리며 계단을 뛰어 내려가자 마침 플랫폼으로 미끄러지듯 들어온 전철에 올라탔다.

"그래서 그 시계는 범인이 가져간 게 맞아요?"

"글쎄. 그건 이따가 물어봐야지."

30분도 지나지 않아 피해자 집 근처 역인 우시코메카구라자카에 도착했다.

출구를 향해 계단을 오르던 도중, 이번에는 캇페이에게 전화가 왔다.

화면을 보니 유아에게서 걸려온 전화였다.

(하필 이럴 때…….)

야에코의 설득 덕분인지 화해하려는 기분이 된 건 고맙지만, 안타깝게도 지금은 그럴 상황이 아니다.

전화를 받은 캇페이는 빠르게 상황을 설명했다.

"여보세요, 유아? 미안, 지금 좀 바빠서?"

말을 끊듯이 숨죽인 목소리가 대답했다.

"도와줘! 누군가 있어……."

도움을 요청하는 목소리에는 어찌 할 수 없는 기색이 역력했고, 캇페이는 바로 발을 멈추었다.

"뭐?"

"도서관 창문을 깨고 누가 들어왔어. ……문 닫고 숨어 있는데 나를 쫓아 왔어. ……방의 입구를 찾고 있어…….”

침입자에게 장소를 알리지 않기 위해서 일 것이다.

숨죽여 말하는 유아의 목소리는 고통스러운 듯 떨리고 있었다.

정체절명의 공포를 감지하고 캇페이의 얼굴이 굳어졌다.

“니시즈카 씨는?”

물으면서도, 혹여 야에코가 있다고 하더라도 어떻게 할 수 있는 상황이 아니라는 것쯤은 상상이 갔다.

유아는 딸꾹질을 하기 시작했다.

“모르겠어……. 근데 모르는 사람 목소리밖에 안 들려. ……어디로 올라가야 되냐고 화내고 있어….”

듣자하니 침입자는 도서관 2층에 있는 비밀의 방의 존재를 알고 있는 것 같다.

“?”

출구 쪽에 있던 오쿠무라는 계단에서 우두커니 서 있는 캇페이를 돌아보았다.

“캇페이?”

그 순간, 주문이 풀리듯이 정신이 들었다.

“금방 따라갈 테니 먼저 가세요!”

소리 지르듯 말을 전하고, 캇페이는 전속력으로 뛰기 시작했다. 오쿠무라를 스쳐 지상으로 뛰쳐나갔다.

"캇페이?!"

등 뒤에서 오쿠무라가 부르는 목소리가 들렸지만 그게 중요한 게 아니다.

역에서 도서관까지 이어진 언덕길은 걸어서 5분이 조금 안 걸린다. 달려가면 거의 금방 도착할 것이다.

인적 드문 심야의 주택가를 달린지 얼마 되지 않아 도서관에 도착했다.

입구에 손을 대자 잠겨 있었다. 그 때, 문 건너편에서 쨍그랑! 하고 창문이 깨지는 소리가 들렸다.

주변은 가로등 불빛뿐이라 어두컴컴했다.

캇페이는 안쪽 주머니에서 손전등을 꺼내 손에 들고 건물 주변을 돌았다. 그러자 1층 창문이 깨져 있는 것을 발견했다.

손전등으로 대충 안을 비춰보았으나 사람의 흔적은 없었다.

유아의 말에 의하면 1층 창문을 깨고 누군가 침입해왔다고 한다. 아마 이 창문을 깬 것이겠지.

그렇다면 이곳에 도착했을 때 들린 소리는 어떤 창문이 깨진 소리인 것인가?

건물을 한 바퀴 돌 듯 걷다가 캇페이는 눈을 의심했다.

"……."

공원을 마주보고 있는 나선계단의 창문이 깨져 있었다.

서둘러 캇페이도 창문을 통해 안으로 들어갔다. 그러자 위층에서 "숨어도 소용없어!" 하는 화난 목소리가 들려 왔다.

어디선가 들어본 적이 있는 목소리였다.

(모로즈미⋯⋯!)

"꼰지른 놈 어디 있어! 여기 있는 건 다 알고 있어. 그날 밤도 여기서 엿보고 있던 거 다 봤으니까! 어?!"

2층 비밀의 방에서 테이블인지 무엇인지를 뒤집어엎는 큰 소리가 들려왔다.

캇페이는 손전등을 끄고 발소리를 죽여 계단을 올라갔다.

계단에서 살짝 2층의 방 안을 들여다보니 역시나, 그곳에 있는 것은 잔뜩 화가 난 모로즈미였다.

"절대 안 들킬 수 있었는데! 안 들키려고 얼마나 고생했는지 알아?! 다 엉망으로 만들어놓고 말이야!!"

난동을 부리며 발로 찬 소파가 쿵! 큰 소리를 내고 쓰러졌다.

유아는 아직 숨어 있는 것 같다. 인질이 없는 것을 확인한 캇페이는 모로즈미에게 뛰어들었다.

"그만해, 모로즈미! 거기까지다!"

모로즈미를 향해 손전등을 비췄다.

"너 이 자식⋯⋯."

난리를 치던 모로즈미도 손에 들고 있던 큰 손전등으로 캇페이의 얼굴을 비췄다.

눈이 부셔 눈을 가리려던 찰나.

"캇페이……!"

도움을 요청하는 목소리가 관내에 울려퍼졌다.

손전등 불빛으로 잠시 어두워진 시야에, 작은 그림자가 모로즈미의 발치에서 뛰기 시작하는 모습이 보였다.

두 팔을 활짝 벌리고 전력질주로 가까이 오고 있었다.

그러나…….

"너구나!!"

모로즈미는 들고 있던 큰 손전등을 작은 등에 휘둘렀다.

"유아!"

시야가 좀처럼 돌아오지 않고 있었으나, 캇페이는 순간적으로 그림자를 덮쳐 끌어안았다.

쿵…! 둔탁한 소리와 강한 충격이 머리로 전해졌다.

"너도! 책임 져! 젠장!"

"……으으."

손전등은 한 단어에 한 번씩 힘껏 내리꽂혔다.

그러는 와중에도 몸을 둥글게 말아 버렸다. 품속에서 목소리를 높여 엉엉 우는 작은 생물을 강하게 끌어안았다.

"죽어 이 자식아!!"

고성과 함께 후두부를 발로 차여, 순간적으로 의식이 흐릿해졌다.

정신을 잃지 않으려고 고개를 한 번 흔들자,

"……캇……페……."

딸꾹질을 하며 울고 있는 유아의 목소리와 계단을 뛰어 내려가는 모로즈미의 발소리가 겹쳐서 들려왔다.

(안 돼. 이대로는 놓치고 말아…….)

본능적으로 느낀 위험에 조금씩 몸을 움직여 기어가듯이 계단으로 향했다.

입구에 여러 대의 자동차가 멈추는 소리, 문이 닫히는 소리가 귀에 꽂혔다.

두세 번의 고함 소리가 들린 후 익숙한 목소리가 들렸다.

"움직이지 마, 모로즈미!"

캇페이는 마음 깊은 곳에서 웃음이 흘러나왔다.

박력 넘치는 오쿠무라의 고함 소리에 이렇게 안도하는 날이 올 줄은 꿈에도 몰랐다.

도서관에 수상한 사람이 침입했다는 이웃의 신고가 접수되어 근처에 있던 오쿠무라에게도 연락이 갔다고 한다.

야에코는 1층에 쓰러져 있는 상태로 발견되었다.

범인과 마주하자마자 습격에 의해 의식을 잃었던 것인데, 검사를 위해 구급차로 병원에 옮겨졌다.

"어이, 캇페이. 너도 타고 갈래?"

주위에 있던 형사들이 그렇게 말을 걸어왔지만, 물론 전부 농담이다.

씨익 웃는 선배들에게 쓴웃음을 지어보인 뒤 혼자 적당히 소독하는 것으로 끝냈다.

"캇페이, 괜찮아⋯⋯?"

불안한 듯 올려다보는 유아를 향해 고개를 크게 끄덕였다.

"괜찮아, 괜찮아. 나 엄청 튼튼해."

도서관 1층에 있는 큰 테이블이었다. 그렇게나 많은 사람들이 있는데 유아는 숨지도 않고 자연스럽게 캇페이의 맞은편에 앉아 있었다.

"죄송해요⋯⋯."

시무룩하게 작은 어깨와 고개를 떨구고 있었다.

캇페이는 유아의 머리에 손을 올려 한껏 쓰다듬었다.

아무 일도 없어서 잘 됐다. 하루나처럼, 너무 늦지 않아서 다행이다.

그런 생각을 곱씹었다.

"나도 미안해. 저번에는 유아한테 화난 게 아니야. 스스로한테 화냈던 거야."

그러나 유아는 여전히 고개를 숙인 채로 웅얼웅얼 대답했다.

"⋯⋯나, 이것저것 서툴러서⋯⋯ 쓸데없는 걸 눈치 채고,

말하고, 그게 결국 문제가 돼서 다들 곤란해져. 아빠랑 엄마 일도 그렇고. ……학교에서도, 이것저것…….”

“있잖아.”

작은 머리를 두 손으로 들어올려 유아의 얼굴을 쳐다보았다.

“안 좋은 기억들은 어떻게 한다고 했지?”

“카레랑 같이 숟가락에 올려서 한 입에 넣어…….”

“카레 사와야겠네.”

웃으며 말하자 유아는 열심히 고개를 끄덕였다.

“그래도 캇페이…… 나, 또 실수할지도 몰라……. 또 캇페이한테 상처 줄지도 몰라…….”

“나한테?”

무슨 말을 하는지 잘 모르겠지만 유아는 진지한 표정이었다.

제법 고민하고 있는 것 같다.

이번에는 캇페이와 화해했다고 하더라도 분명히 언젠가는 또, 무언가 다른 실수를 할지도 모른다.

타인의 감정을 고려하지 않고 말을 뱉고, 다음에는 손 쓸 도리도 없는 상황이 될지도 모른다. 그것만 생각하면 불안해진다?

“……다른 사람에게 상처 주는 것도, 내가 상처 받는 것도, 둘 다 무서워서…….”

말수가 적은 유아가 조금씩 이야기 하는 것을 캇페이는 그저 멍하니 듣고 있었다.

아직 일어나지도 않은 일들을 섣불리 짐작해서 불안해하는 것은 물론이고, 터무니없는 걱정들을 말하고 있는 것 같다.

“그 말은, 나한테 상처 주는 게 두렵다는 뜻……?”

혹시나 해서 물어보니 유아는 몹시도 심각한 표정으로 고개를 끄덕였다.

캇페이는 결국 참지 못하고 웃음을 터뜨렸다.

“유아는 머리가 그렇게 좋은데, 진짜 바보구나!”

캇페이의 폭소에 점점 유아의 얼굴이 빨개졌다.

“뭐, 뭐가……?”

“나한테 상처를 준다는 건 제법 어려운 일이다. 난 욕먹는 것도 익숙하니까.”

주변에 있던 경찰관들이 배꼽을 잡고 웃고 있는 캇페이를 이상한 눈으로 바라보았다.

모두의 시선이 느껴져도 웃음을 멈출 수가 없었다.

“그도 그럴 게, 나 맨날 선배한테 혼나고, 범죄자들한테 욕먹고, 사건 관계자들은 짜증내고. 아무 상관없는 시민들도 ‘경찰은 뭘 하고 있느냐’고 디스하는데. 이 정도면 누가 무슨 말을 하든 신경이 안 쓴다니까. 등짝만 두꺼워졌어!"

"낯짝이 두껍다고……?"

"아, 그거그거."

대충 대답하는 캇페이의 앞에서, 유아는 하얀 볼을 붉힌 채 시큰둥하게 입을 삐죽 내밀고 있었다.

더 이상 웃으면 또 토라질지도 몰라. 그런 생각이 들자 캇페이는 헛기침을 하며 웃음기를 가라앉혔다.

그리고 불현듯, 어떤 것을 떠올렸다.

"그리고, 하나 더 말하자면?"

주변을 돌아본 캇페이는 목소리를 죽이고 말했다.

"하루나가 그 연쇄 폭행 사건의 피해자일지도 모른다는 거, 전혀 말이 안 되는 이야기는 아닌 것 같아서 말이야……."

"뭐……?"

"그 사건, 피해자는 다들 하루나랑 같은 고등학교 학생들이었어. 피해자 중에 하루나의 이름은 없었지만 신고하지 않고 숨겼을 가능성도 없지 않아. 근데, 이야기를 들어보려고 하루나의 담임이었던 사람한테 연락해봤더니, 그 사람, 사고로 죽었다고 해."

낯빛을 바꾸어 설명하니, 유아는 무언가 생각난 듯 말을 꺼내려고 했다. ……그러나 말을 꺼내지는 않았다.

"뭔데?"

캇페이가 재촉해도, "음, 음⋯⋯." 하며 넘기려고 했다.

"뭔가 생각난 게 있는 거야?"

"⋯⋯응. 그래도⋯⋯."

"부탁이니까 말해 줘. 무슨 말을 듣더라도 이제 놀랄 것도 없어."

눈을 맞추며 간청하자 유아는 고민하는 모습으로 조금씩 말하기 시작했다.

"사고로 죽었다는 사람⋯⋯ 혹시 다메사카 켄고 씨?"

"⋯⋯응."

"음주운전으로 액셀이랑 브레이크를 헷갈렸다는 소문으로 유명한 그 교통사고?"

"네가 그걸 어떻게 알아!?"

생각지도 못한 충격에 절대 놀랄 것도 없다는 말이 무색해졌다.

유아는 슬며시 대답했다.

"신문에서 읽었어."

"⋯⋯언제?"

"3년 전 4월 15일 저녁 신문. 도박 중독이었대. 그래서 경찰은 사고와 자살 양쪽 다 염두에 두고 조사하고 있다고 쓰여 있었어."

"완전완전 고마워⋯⋯."

수첩에 메모하며 캇페이는 주머니에서 스마트폰을 꺼냈다.

"이거 봐봐, 뭔가 또 생각나는 거 있어?"

유아에게 보여준 것은 전에 몰래 찍은 부녀자 연쇄 폭행 사건의 조사자료였다.

"그래도……."

"부탁해. 나는 지금 오기와라 교수의 사건에 집중하고 있어. 다른 사건까지 손을 댈 수가 없어서 그래. 유아가 도와준다면 정말 고마울 거야."

"……."

여동생의 죽음의 진상과 관련이 있을지도 모른다. 그 사건에 대해, 무언가 조금이라도 아는 게 있다면?

벼랑 끝에 내몰린 마음으로 부탁하자, 유아는 눈을 크게 떴다.

"……고마워?"

"응, 고마울 거야."

캇페이의 강한 긍정의 대답에, 유아는 주저하며 스마트폰을 건네받았다.

글자가 작아서 읽기 힘든지, 미간을 찌푸리는 유아를 위해 캇페이는 검지와 중지로 액정을 쓸었다.

"으음……."

스마트폰에 익숙하지 않은 유아는 머뭇거리는 손놀림으로 화면을 좌우로 움직이며 자료를 구석구석까지 읽었다. 이윽고 고개를 들었다.

"마지막 사건이 일어난 건 3년 전 3월 20일. 그 후로는 한 번도 사건이 일어난 적이 없네."

이번에는 캇페이가 눈을 크게 뜰 차례였다.

동일범이라고 추정되는 부녀자 연쇄 폭행 사건은 조사자료에 의하면 3년에 걸쳐 7회에 걸쳐 발생했다. 그러나 료세이 고등학교의 교사, 다메사카가 사고로 죽고 난 후, 한 번도 사건이 일어난 적이 없다?

유아의 지적은 안타깝게도 범인을 특정하기에는 역부족이었다. 자료에 의하면 범인은 거구였고, 저항도 할 수 없을 정도로 힘이 셌다, 라는 피해자들의 증언이 일치했기 때문이다.

그러나 캇페이가 여동생의 장례식에서 만난 다메사카는 마른 체형이었다.

유아는 그 후에도 열심히 생각해보았으나 떠오르는 것은 없었다.

마침내 현장의 검증도 끝이 나고 캇페이는 유아를 여성 경관에게 맡긴 뒤 다른 형사들과 돌아갔다.

"고마워. 유아가 있어서 다행이다."

웃으며 머리를 쓰다듬었다.

유아는 멀어지는 캇페이의 뒷모습을 분한 듯이 바라보았다.

도움이 되고 싶었는데. 무언가 더 할 수 있었을 텐데.

(무언가…… 도움이 될 만한 게 있을 거야. 무언가…….)

스스로 할 수 있는 것이 없을지 필사적으로 고민해보았다.

이렇게나 강렬하게, 무언가를 하고 싶다는 마음이 든 건 처음일지도 모른다.

병원에서의 검사 결과, 이상 없음을 진단 받은 야에코는 그날 바로 건강해져서 돌아왔다.

다음 날 아침, 그녀는 창문 수리를 위해 [책벌레]를 임시 휴관했다. 도서관의 1층은 아침부터 수리 기사들이 출입해서 어수선한 분위기였다.

원래대로라면 절대 가까이 가지 않을 상황이다. 그러나 유아는 어떤 결심을 품고 나선계단을 내려갔다.

유아가 비밀의 문에서 나오자, 야에코는 깜짝 놀라 돌아보았다.

"어머, 이게 무슨 일이야?"

야에코를 바라보며 유아는 심각하게 말했다.

"할머니, 노트북 빌려줘."

"응, 써도 되긴 되는데……."

눈을 끔뻑이는 할머니의 앞을 지나쳐 접수 카운터에 놓여진 노트북 앞에 섰다.

의자에 앉아 씩씩하게 카디건의 소매를 걷어 올렸다.

캇페이의 여동생이 관련되어 있을지도 모르는 사건에 대해, 스스로 조금 더 찾아보려고 한 것이다.

홈페이지를 띄우자, 수리 기사와 대화를 마친 야에코가 유아에게 다가왔다.

"유아, 너 괜찮니?"

"뭐가?"

"뭐가는 무슨……. 어제 그렇게 큰일을 겪어놓곤……."

"아……."

야에코의 말에 유아는 어제의 일을 떠올렸다.

침입자가 야에코에게 폭력을 가하는 장면을 비밀의 문 틈 사이로 보고 몸이 얼어붙었다. 죽을 지도 모른다는 생각이 들 만큼, 죽을 만큼 무서웠다.

원래대로라면 그런 일을 겪고 나서, 마음의 상처가 진정될 때까지 당분간 방에 틀어박혀 있어야 한다.

그러나 지금은 사명감에 불타올라 노트북 앞에 앉아 있다.

(이상한 일이야…….)

그 후, 캇페이가 계속 옆에 있었으니까.

무서워하는 모습도 전혀 보이지 않고, 아무렇지 않은 얼굴로 다른 이야기를 했으니까.

그러니까 이상한 사람이 쳐들어와서 난동을 피운 건 마음의 상처로 남지 않았다.

물론 무서웠지만, 그것보다도 캇페이가 달려와서 도와준 것이 훨씬 더 강렬한 기억으로 남아 있는 것이다.

덤으로?

"유아가 도와준다면 정말 고마울 거야."

캇페이는 그런 말을 해서 유아를 설레게 했다.

"유아가 있어서 다행이다."

캇페이의 말은 전부 다, 마치 다른 나라의 마법 주문 같았다.

들어본 적도 없는 말. 행복해지는 주문.

기대를 받고 있다.

그 사실이 이렇게나 힘이 된다는 것을 처음 알았다.

지금까지 한 번도, 누구에게도 기대를 받아본 적이 없었으니까.

언제나 유아는 '이상한 아이', '손이 많이 가는 아이'였고, 야에코도 유아를 '지켜야만 하는 아이'로 생각하고 있었으니까.

그렇지만…….

캇페이는 달랐다. 유아에게 "대단해"라며 칭찬해주고 "도와줬으면 좋겠다"고 도움을 요청해왔다.

그 덕분에 나라는 사람도 무언가를 할 수 있을 지도 모른다고 느꼈다. 그렇게 생각하니 힘이 솟아났다.

걱정스럽게 내려다보는 할머니에게, 유아는 자랑스러운 마음으로 말했다.

"난 괜찮아. 할머니는 가서 일 해."

"유아……."

야에코는 놀란 듯이 중얼 거리고는, 무언가를 참는 듯이 미소를 지으며 고개를 끄덕였다.

"모르는 게 있으면 언제든 말을 하렴."

"응."

컴퓨터 사용법은 알고 있다. 예전에 부모님이 쓰던 것을 보고 익혔다.

유아는 검색 화면을 열고 [다메사카 켄고], [료세이 고등학교]를 입력했다.

그러자, SNS 계정이 몇 개 검색되었다. 프로필 중에서 료세이 고등학교의 교사였던 다메사카의 계정을 발견했다.

보아하니 사망 후에도 방치되어 있는 듯했다.

(어……?)

프로필의 한 군데를 확인하고, '어떤 것'을 발견했다.

(그렇구나…….)

일단은 마음에 담아두고 다른 정보들을 확인했다.

다메사카는 축제나 수학여행, 종업식 등 매 이벤트의 사진을 몇 장씩 타임라인에 소개하고 있었다.

고등학교의 학교생활에 대한 호기심도 더해져 유아는 사진을 찬찬히 살펴보았다.

초등학교와는 사뭇 다른 교실. 뛰어다니는 학생들. 학생만 찍힌 사진도 있었고, 다메사카도 함께 포즈를 취하고 있는 사진도 있었다. 모든 사진에서 즐거운 분위기가 전해져 오는 듯 했다.

(어쩌면 이 중에 캇페이의 여동생도 있을지도 몰라…….)

그런 생각으로 한 장 한 장 사진을 바라보고 있던 그 순간.

(어라? 어째서……?)

운동회, 라는 글이 적힌 사진에 얼굴을 들이밀고, 눈을 깜빡깜빡 했다.

사건과 관련된 무언가를 보고 있다는 확신이 들었다.

그래도 그것이 무엇을 의미하는지는 모른다.

모르겠지만, 그래도?

(캇페이에게 말하면 분명히 기뻐할 거야.)

그렇게 생각하니 확. 전신에 힘이 솟아나면서 흥분하기 시작했다.

유아는 곧바로 전화기에 손을 뻗어 캇페이에게 전화를 걸었다. 그러나…….

"현재, 전화를 받을 수 없습니다…….."

"뭐야!"

매정한 기계음에 자기도 모르게 성을 냈다.

이 기세로 직장에 전화를 해볼…까 하다가 손을 멈추었다.

"전화는 휴대폰으로 해. 경찰서에는 전화하면 안 돼, 부탁할게."

캇페이가 전에 당부했던 것을 떠올렸다. 실망한 유아는 도서관 입구를 쳐다보았다.

다음은 언제 와주려나?

(지금 당장 말하고 싶어…….)

옴짝달싹 못 하는 기분을 진정 시킬 수가 없었다. 그러나 전화를 받지 않는 건 어쩔 수 없었다.

(왜 전화가 안 되는 거야?)

싱거운 기분으로 유아는 계속해서 전화를 걸었다. 조금 시간을 두고 몇 번이나 전화를 걸었다.

10분간 10번 정도 걸었다. 그러나 여전히 전화를 받지 않았다. 전화를 받을 것 같지가 않았다.

(……)

유아는 수화기를 꼭 쥐고 결연한 표정으로 고개를 들었다.

이렇게 된 이상, 어쩔 수 없다. 달리 방법이 없어……

(괜찮아. 분명히 괜찮을 거야.)

긴장한 탓에 가슴이 두근거린다. 그래도 이상하게 불안하지는 않았다. 용기도, 자신도 점점 끓어올라서 유아의 등을 밀어주었다.

지금이야말로 그때라고.

도서관의 문은 언제나처럼 밖을 향해 열려있다.

가만히 앉아 있을 수 없어진 유아는, 일어서서 창문을 수리하는 광경을 지켜보던 야에코의 곁으로 향했다.

"할머니. 나, 나갔다 올게."

전화기를 들고 결연하게 말하는 유아를 보며 할머니는 턱이 빠질 만큼 입을 쩍 벌렸다.

"꺄악, 싫어……"

반짝이는 옷을 입은 술집여성이 또각또각 구두 소리를 내며 눈앞을 달려갔다.

가사이 료이치와 모로즈미 나오야가 싸운 원인이라는 그 여자였다.

나이는 스무 살 전후. 마른 체형에 연예인 같은 외모이다.

예쁘긴 하나, 판에 박힌 듯한 예쁨이라 개성은 없다.

그녀를 쫓으며 캇페이는 고민했다.

전력 질주를 하고 있는 것이겠지. 그러나 높은 구두 때문인지 딱 잘라 말해서, 느리다.

총총 걸음 정도로 뛰고 있어 금방 붙잡을 수 있었지만 문제가 있었다.

상대방은 수영복에 털이 자란 것 같은 민소매 원피스 밖에 입고 있지 않았다.

필사적으로 도망가고 있는 상대방의 등을 바라보며 스마트폰으로 오쿠무라에게 전화를 걸었다.

"저기, 어떻게 잡으면 될까요……?"

"옷 붙잡으면 어때?"

"글쎄요……. 옷은 좀 위험할 것 같습니다. 천이 거의 없어서."

"그럼 팔은?"

"팔도 위험하지 않나요? 용의자인 것도 아닌데……."

"그럼 목이라도 붙잡아!"

귀찮은 듯 소리를 지른 뒤 전화가 끊기고, 어쩔 수 없이 주저하며 손목을 붙잡았다.

"진정해. 잠깐 이야기를 듣고 싶은 것뿐이니까……."

그러나 그 순간, 여성은 비명을 지르며 몸을 둥글게 말고 그 자리에 주저앉았다.

"싫어, 죽일 거잖아, 죽일 거잖아!"

"아니, 나 경찰이에요! 경찰!"

사람들의 눈을 신경 쓰며 경찰 수첩을 꺼내보였다. 거의 주변에 보여주듯이.

다른 방향에서 쫓아온 오쿠무라가 여자 앞에 섰다.

"죽인다는 게 무슨 말?"

"쓸데없는 말 하면 죽일 거야. 진짜야. 나오야는 료이치도 죽였으니까……."

싫다고 떼를 쓰듯 고개를 가로젓는 술집 여성을 향해, 허리에 손을 올린 여자형사는 관용이라고는 없는 말투로 말했다.

"네, 그 부분 좀 더 자세하게."

술집 여성의 스마트폰에는 SNS로 가사이와 연락을 주고받은 내용이 남아있었다.

그 중에서도 오쿠무라가 주목한 것은 [오늘 밤은 안 돼. 미안.] [나오야가 불렀어.]라는,

두 개의 메시지였다. 날짜는 5월 30일.

"오기와라 교수가 가사이에 대해 검색을 시작하기 바로 전날이야."

술집 여성에 의하면, 그 후 가사이는 소식이 뚝 끊겼다고

한다.

메세지를 보내면 답장이 오긴 했지만 만나자고 하는 말에는 바쁘다고 거절했으며, 일주일 정도 지났을 즈음부터는 읽음 표시도 뜨지 않게 되었다.

"슬슬 수상하네요."

캇페이의 말에 오쿠무라가 고개를 끄덕였다.

이것으로 모로즈미가 가사이를 살해했다는 가능성이 높아졌다.

게다가, 죽인 상대방의 스마트폰을 소유한 상태로 가사이인 척하며 답장을 한 것은 아닐까. 가사이의 행방이 문제가 될 때, 연락이 끊긴 시점을 모호하게 해서 수사에 혼란을 빚게 하기 위해서.

"모로즈미를 족쳐서 가사이의 스마트폰이 어디에 있는 지를 밝혀냅시다."

수상한 웃음을 지은 채 오쿠무라는 지나치려는 택시를 멈춰 세웠다.

하지만 그녀와 함께 텐진서에 돌아온 캇페이를 기다리고 있는 것은, 경찰서 동료들의 기묘한 눈초리였다.

모두가 쳐다보고 있다. 어디에 있든 시선이 모여들었다.

"……너, 무슨 짓 했어?"

"네? 선배 아니에요?"

서로 책임을 전가하며 엘리베이터로 수사 1과가 있는 층에 향했다.

당연하게, 엘리베이터에서 내려도 무언가 할 말이 있는 듯한 시선이 좇아왔다. 오히려 시선이 더 많아진 것 같았다.

"뭐야, 진짜……."

마음속 어디선가 무심코 흘러나온 중얼거림이, 걸어가는 방향에서 들려오는 몇몇 여성들의 목소리에 덮여 사라졌다.

보통의 수사 1과에서는 들을 수 없는 젊은 여성의 목소리였다.

"자, 여러분, 너무 가깝다니까요!"

"맞아요, 가만히 있어도 무서운 얼굴이니까. 물러서세요, 물러서!"

"그 이상 가까이 오면 규제선 칠 거예요!"

"괜찮아. 얼굴은 무서워도 마음은 상냥한 아저…… 오빠들이니까. 걱정하지 마."

고개를 빼들고 안을 흘깃 훔쳐보니 캇페이의 소속 반 책상 근처에 여성 경관들이 모여있었다.

그리고 그 주위를 형사들이 감싸고 있었다.

"……무슨 소란이래요?"

가장 바깥 쪽에 있던 형사에게 묻자, "왔냐!" 하며 어깨를 두드렸다.

"야?, 캇페이가 돌아왔어? 야야, 빨리 가봐."

그렇게 말하고는 여성 경관들 쪽으로 등을 밀었다.

"어머, 신묘지 씨가 왔대."

"잘됐네."

캇페이를 돌아보며 말하는 그녀들 사이에 있는 사람이 누군지 눈치 채고 캇페이는 눈을 동그랗게 떴다.

"유아?!"

"……캇페이……."

목 언저리와 스커트 밑단에 프릴이 달린 귀여운 원피스를 입은 소녀는 거의 울 것 같은 얼굴로 캇페이를 올려다보았다. 공포에 질려 몸이 굳어버린 것 같았다.

여성 경관들이 유아의 작은 어깨에 손을 올리고 말했다.

"신묘지 씨 만나러 온 거래요."

"없다고 하니까, 올 때까지 기다린다고."

"그래도 여기 수사 1과, 분위기가 좀 그렇지 않습니까…….
다들 언동이 난폭하다고 할까, 거칠다고 할까……."

캇페이의 뒤에서 선배 형사가 조용히 중얼거렸다.

"잡아온 용의자가 말도 험하게 하고 난리치는 걸 보고는 훌쩍훌쩍 울어서, 교통과에 지원 요청해서 케어를 부탁하고 있던 참이다."

"이것저것 죄송합니다……."

사방팔방을 향해 머리를 숙이자 모두들 고개를 가로저었다.

"아니, 괜찮아. 응."

"네?"

"어린 아이……. 좋네……."

"뭐라고 해야 될까, 거기에 있는 것만으로도 공기가 정화된다고 할까."

오쿠무라 역시 짙은 다크서클이 생긴 눈으로 고개를 끄덕이며 동의했다.

"좋군……."

"유아, 이쪽으로 와."

캇페이는 지칠 대로 지친 어른들의 눈빛으로부터 유아를 지키려는 듯이 품 안으로 끌어안아 복도로 나갔다.

유아를 벤치에 앉힌 뒤, 그 앞에 무릎을 꿇고 앉았다.

"무슨 일이야? 또 도서관에 무슨 일 있었어?"

제일 먼저 걱정된 것이었지만, 유아는 고개를 저었다.

"그럼 왜 여기에? 그보다, 혼자서 용케 잘 왔네."

"캇페이한테, 말하고 싶은 게, 있어서."

"나한테?"

캇페이의 질문에 고개를 끄덕이며 의기양양한 표정으로 가슴을 펴고 대답했다.

"그러니까 힘내서 여기까지 왔어."

"전화해도 됐을 텐데."

간결하게 대답하자, 물을 끼얹은 듯한 분위기로 바뀌었다.

"……전화했어. 근데 안 받는걸……."

"아, 그러고 보니……."

오늘은 한동안 전파 상황이 좋지 않은 지하에 계속 있었던 것이 생각났다.

캇페이를 빤히 쳐다보는 큰 눈에는, 마치 대모험을 끝낸 듯한 흥분으로 가득 차 있었다.

실제로, 외출도 별로 하지 않는 10살 소녀가 혼자서 초행길에 오르는 것은 모험이 틀림없다.

캇페이는 먼저 유아의 머리를 쓰다듬었다.

"그랬구나. 고마워. 대단하네."

만족한 것인지 유아는 기쁜 듯이 고개를 끄덕였다.

"그래서, 말하고 싶은 건?"

"사고로 죽은 그 선생님, 오기와라 씨랑 같은 학교 졸업했어. 사이타마에 있는 고등학교."

"뭐?"

"나이도 1살 차이니까, 서로 아는 사이였을지도 몰라."

"호오……."

살해된 오기와라 테츠지, 동생의 담임이자 사고사 한 교사가 고등학교 동창생이었다.

물론 의외의 사실이다. 그렇지만.

"굉장한 우연이긴 한데, 사건과는 직접적인 관련이 없어 보이는데……."

고개를 갸우뚱하며 말하자 유아는 기세를 더 해 덧붙였다.

"더 있어. 어제 도서관을 습격한 사람, 캇페이의 여동생과 같은 학교야."

"뭐?"

"사고사한 선생님이랑, 사진에, 같이 찍혀 있어."

"그게 진짜야?"

옆에서 듣고 있던 오쿠무라가 끼어들었다.

"그 말인즉슨, 모로즈미 나오야는 오기와라 테츠지랑 아는 사이일지도 모르는 남자의 학생이었다는 거야?"

유아는 힘껏 고개를 끄덕였다. 오쿠무라는 캇페이를 향해 턱을 내밀었다.

"확인해봐."

"넵."

즉각 내려온 지시에 캇페이도 주저 않고 대답했다.

그도 그럴 것이다. [책벌레]에 무단으로 침입해 상해혐의로 체포된 모로즈미는, 오기와라 살인 사건에 대해서 변함없이 묵비권을 행사하고 있다.

그와 오기와라와의 접점이 발견되지 않는 이상 아무것도 진행할 수 없다는 말이 수사 회의에서 막 나온 참이었다.

캇페이는 곧바로 노트북 앞으로 뛰어가서 유아가 말한 SNS를 확인했다.

"있다……."

사고사한 다메사카 켄고의 계정은 바로 발견했다. 그 계정의 프로필과 살인 사건의 수사 자료를 대조해서 다메사카 켄고와 오기와라 테츠지가 같은 고등학교의 한 학년 차이라는 것을 확인했다.

거기다가, 타임라인에 올려진 사진을 훑어보며 화면을 스크롤 하던 캇페이는 시야에 들어온 1장의 사진에서 눈을 뗄 수 없었다.

"이럴 수가……."

생각지도 못한 충격에 침을 꿀꺽 삼키고 화면에 빨려 들어갈 듯이 사진을 뚫어져라 쳐다보았다.

"무슨 일이야, 캇페이."

조금 지나자 뒤에 있던 형사가 캇페이에게 말을 걸어서 정신을 차렸다.

힘없이 고개를 저었다.

"아닙니다…… 확인 됐습니다. …오기와라랑 모로즈미는 이 다메사카라는 남자를 통해 서로 아는 사이가 됐을 가능성이 있습니다…….”

"료세이 고등학교, 다메사카 켄고…… 음, 좋았어.”

활기가 돈 형사들은 메모를 한 뒤 각자 흩어졌다.

그러나 캇페이는 그 자리에서 움직일 수가 없었다.

"캇페이?”

다른 형사들이 모두 사라진 탓인지, 유아가 캇페이에게 다가왔다. 캇페이의 옆에서 노트북의 화면을 흘깃 보고는 캇페이를 올려다보았다.

"무슨 일 있어?”

천진난만한 그 물음에, 캇페이는 동요를 감추려는 듯 앞머리를 쓸어 올렸다.

"하루나야.”

"응?”

"이 사진…….”

손으로 가리킨 것은 '운동회'라는 제목의 사진 중 한 장이었다.

그라운드에서 커다란 응원 깃발을 들고 있는 다메사카를 찍은 사진.

그 옆에는 하루나, 코노 메이, 모로즈미, 그리고 다른 몇 명의 남자 학생들이 밝게 웃고 있었다.

5장 둘, 진상을 밝히다

"나도, 갈래."

유아는 고집을 부리며 말했다. 그러나…….

"안 돼."

"왜?"

"그냥."

그렇게 대답하는 캇페이의 낯빛이 어둡다.

모로즈미 나오야라는, 오기와라 교수 살해 사건에 관련이 있을 것이라고 생각되는 청년이 자살한 여동생과 아는 사이라는 사실에 동요하고 있는 것이리라.

유아는 재차 주장했다.

"나도 갈 거야."

"그니까 안 된다고 했지."

"안 데려가면 지금 경찰서에 돌아가서 오쿠무라 씨한테 '캇페이는 저를 집까지 데려다준다는 구실로 일은 안 하고 농땡이 치러 갔어요.'라고 할 거야."

"아니, 진짜 하지 마…….."

캇페이는 지하철 역 벤치에 앉아 머리를 감쌌다.

유아와 여기서 헤어진 뒤, 혼자서 누군가를 만나러 가려는 것이다.

여동생의 제일 친했던 친구.

"같이 가 봤자 좋을 거 하나도 없어."

머리를 감싼 채, 잔뜩 가라앉은 목소리로 말했다.

"좋은 거 하나도 없어."

사정은 잘 모르겠지만, 말투를 보아하니 캇페이는 지금 만나러 갈 사람에게 듣고 싶지 않은 이야기를 들어야만 하는 것 같았다. 그러니까 유아를 보내려고 하는 것이다.

불쾌한 마음이 들지 않도록 하는 것이겠지.

유아는 그런 캇페이의 앞에서 입을 삐죽 내밀었다.

재미 삼아 쫓아가는 거라고 생각하는 거라면 유감스럽다. 그런 이유가 아니니까.

"나……, 도서관에 틀어박혀 있었을 때, 신문이나 책 읽는 것밖에 안 했어."

신문을 읽은 것은 지금 '세계'에서 무슨 일이 일어나고 있는지 알고 싶었으니까. 책을 읽은 것은 이야기 속에서 등장인물이 되어 '세계' 속에서 살기 위해서.

책을 읽는 것으로 유아는 자기 자신과는 다른 누군가가 되어 다양한 사건 사고를 경험했다. 좋은 일도 나쁜 일도 있었지만, 그들 다수는 가족이나 친구, 동료가 있어서 마지막에는 결국 고난에 걸맞은 결과를 맞았다.

현실 세계에서는 있을 수 없는 우정이나 감동을 마치 내 것처럼 받아들이는 것은 세상에 더는 없을 듯한 최고의 즐거움이었다.

책 속의 세계만 있으면 충분하다고 생각하고 있었다. 유아를 받아주지 않는 세계와 등을 지고 책 속으로 도망치고 있었던 것이다.

그러나…… 그때 캇페이가 나타났다.

마치 책 속의, 주인공의 친구처럼 유아를 대해주었다. 그런 그를 유아는 한 차례 심하게 거절한 적이 있다.

사람을 대하는 것의 어려움을 다시금 깨달으며, 유아에게는 사람을 대하는 것이 가능할 리가 없다고 확신하며 도망쳤던 것이다. 상대방에게 상처를 주는 것으로부터, 상대방에게 상처를 받는 것으로부터.

그럼에도 불구하고, 캇페이는 도와주러 왔다.

자기가 위험에 빠질 것도 두려워하지 않고 뛰어들어서 지켜주었다. 마치 책 속에 나오는 주인공의 동료처럼.

유아는 감동한 것이다.

감동했고, 감사했고, 기뻤다. '세계'에 다시 태어난 듯한 기분이 들었다.

지금까지는 무엇이든 엉망이었다. 그래도 혹시, 이제부터는 잘해 나갈 수 있을지도 모른다.

캇페이가 있다면, 책 속의 세계보다도 현실 세계가 더 좋을지도 모른다. 그렇게 생각할 수 있게 되었다.

그러니까?

"재미있을 것 같아서 따라가겠다는 게 아니야."

유아는 침통한 표정으로 머리를 감싸고 있는 캇페이의 무릎에 손을 올려 솔직하게 말했다.

"같이 가고 싶으니까 가겠다는 거야."

유아는 자기 자신도 캇페이의 동료로 있고 싶다고 생각했다.

아직 전혀 힘이 되지는 않겠지만, 힘이 되고 싶다는 마음만은 누구보다 크다.

"유아……."

여느 때와는 달리 눈빛에 힘이 없는 캇페이의 손을 잡아끌었다.

"가자."

"……."

캇페이는 아직 머뭇거리는 모습이었지만 결국 포기했다는 듯 힘없이 일어섰다.

(어쩌다 이런 일이…….)

유아는 알 수 없는 사명감에 타오르는 얼굴로 쫓아왔다.

이유는 알 수 없지만, 끈질기게 같이 가겠다고 말했다.

(혼자 가고 싶었는데 말이야.)

어찌 됐든, 어떤 이야기가 오고 갈지 모른다. 스스로도 각오가 제대로 되어 있지 않았나. 냉정하게 받아들일 수 있을지 없을지도 모른다. 그런 곳에 유아를 데려가도 되는 것일까…….

캇페이는 몰래 한숨을 쉬었다.

당사자인 유아는 전철 밖의 풍경을 진기하다는 듯이 쳐다보고 있었다.

표정은 평소와 거의 다름없지만, 즐거워하고 있는 것이 느껴졌다.

(뭐, 괜찮겠지…….)

오랜만에 바깥에 나왔다. 보이는 것, 들리는 것, 전부가 흥미롭겠지.

조금 달려 내린 역은 무척 혼잡스러웠다. 키가 작은 탓에 유아가 시야에서 사라져 깜짝 놀란 것도 3번이나 되었다. 캇페이는 작은 손을 꼭 붙잡았다.

"한눈팔지 마! 그렇게 빤히 쳐다본다고 과자 같은 거 안 사 줄 거야. 제대로 앞에 보고 걸어!"

잔소리를 하다 보니 왠지 그리워졌다. 하루나가 어렸을 때에도 이렇게 손을 잡고 걸었던 것 같다.

그렇다고는 해도, 유아가 쫓아온 건 단지 오랜만에 바깥 세계를 조금 더 만끽하고 싶었던 것뿐이지 않은가.

중앙 광장에 늘어선 트럭 형식의 노점에는 다양한 종류의 과자와 식품이 진열되어 있었다. 유아는 잡은 손을 지지대 삼아 까치발을 하며 하나하나 살펴보았다.

"내가 살 거거든. 할머니한테 용돈 받았거든."

"돈 낭비 하지 마! 지금 뭐 먹었다간 저녁 밥 못 먹는다!"

수많은 가게마다 하나하나 발을 멈춰 살펴보려는 탓에, 캇페이는 어쩔 수 없다는 듯이 유아를 질질 끌며 걸었다. 그래도 말을 안 들을 때에는 품에 끌어안은 채로 걸었다.

어찌저찌 메이가 아르바이트 중인 편집샵에 도착했을 때에는 마음속으로 안도의 한숨을 쉬었다.

"뭐하러 온 거야, 정말."

"캇페이 여동생의 친구 만나러."

유아는 노점에서 산 딸기가 든 찹쌀떡을 우물우물 먹으며 대답했다.

"그거 가게 들어가기 전에 다 먹어. ……여기 봐, 가루 다 묻었어."

쭈그려 앉아 유아의 볼에 묻은 밤 가루를 털며, 심난한 마음으로 가게를 올려다보았다.

유행하는 옷이나 액세서리를 파는 가게 안에는 몇 명의 손님이 있었다.

유아가 딸기 찹쌀떡을 다 먹은 것을 확인한 후에 결심한 듯 안으로 들어가자 입구 근처에 있던 점원이 웃으며 말을 걸었다.

"어서 오세요!"

건너편에서 셔츠를 개어 진열하고 있던 메이가 돌아보았다.

"어서 오세……."

발랄하던 목소리는 캇페이를 보자 점점 사그러들었다.

캇페이가 가까이 가자, 그녀는 셔츠를 개며 눈도 마주치지 않고 말했다.

"일 하는 중이잖아. 보면 몰라?"

메이의 굳은 얼굴을 내려다보며 캇페이는 조용히 물었다.

"하나만 대답해줘. 하루나가 자살한 거, 모로즈미 나오야도 관련 있어?"

그 순간 메이의 표정이 확 바뀌었다.

상상도 못했다는 듯 몸을 돌려 흔들리는 목소리로 말했다.

"그걸 어떻게……."

말을 끊고, 그녀는 다른 점원의 눈을 신경 쓰며 주변을 돌아보았다.

불길한 예감이 맞았다고, 가슴께가 무거워졌다.

"지금 이야기 하는 거랑, 일 끝나고 하는 거. 뭐가 나아?"

캇페이의 물음에 메이는 손을 떨며 접고 있던 셔츠를 내려놓았다.

유아와 함께 근처에 있는 카페에서 기다리고 있자니, 작은 숄더백을 손에 든 메이가 가게로 들어왔다.

운 좋게 쉬는 시간을 받은 것 같았다.

우선은 카운터로 향해 한 잔에 5백 엔이나 하는 카페 라떼를 쟁반에 담아 테이블로 돌아왔다.

그녀는 캇페이의 앞에 쟁반을 놓으며, 나란히 앉은 유아를 슬쩍 쳐다보았다.

"딸이야? 결혼했었나?"

"안 했어. 했어도 이렇게 큰 딸이 있을 리가 있냐."

오래 알고 지낸 사이라 그런지 편한 말투가 툭툭 튀어나왔다.

옆에서 유아가 예의 바르게 고개를 숙였다.

"후쿠미네 유아라고 합니다. 처음 뵙겠습니다."

"아…… 아, 안녕하세요. 나는 메이. 코노 메이……."

"10살짜리보다 인사를 못하네."

캇페이가 웃으며 말하자 메이는 설탕 봉투를 둥글게 말아 캇페이에게 던졌다.

"시끄러워."

하루나가 중학생이 되어 자살하기까지 메이는 종종 집에 놀러 왔었다.

각자 사회인이 된 지금도, 이렇게 만나면 서로 어릴 때의 감각으로 돌아간다.

잠시나마 그때가 그리워졌다. 지금이라도 어디에선가 하루나가 쟁반을 들고 나타날 것 같았다.

메이도 그렇게 느낀 것일까. 잠깐 먼 곳을 바라본 뒤 어색하게 입을 꾹 닫았다.

"하루나에 대해…… 왜 갑자기 물어보러 온 거야?"

"그건, 음, 우연히라고 해야 되나……."

캇페이는 하루나가 자살했을 때, 근처에서 일어난 여성 폭행 사건에 대한 이야기를 들으려 다메사카에게 연락을 취했으나 사고사했다는 것을 알게 되었다고 간단하게 설명했다.

이야기를 들으며 메이의 시선이 불안한 듯이 여기저기 옮겨 갔다.

"……그래서?"

"그래서, ……다메사카의 SNS 계정을 보니까 하루나랑 메이랑, 모로즈미 나오야가 같이 찍힌 사진이 있었어."

설명과 함께 인쇄해 온 사진을 테이블 위에 꺼냈다.

사진에는 왼쪽부터 하루나, 메이, 남학생, 모로즈미, 다메사카, 그리고 또 다른 남학생이 체육복 차림으로 찍혀 있었다.

"모로즈미는 지금 내가 조사 중인 다른 사건의 중요 참고인이야. 그래서 어떻게 된 건지 알고 싶어진 거야."

메이는 같은 색의 두건을 쓴 6명의 사진을 뚫어져라 바라보았다.

"그렇구나. 그래서……."

"모로즈미랑은 친한 사이야?"

조심스럽게 묻자 그녀는 유감스럽다는 표정으로 고개를 저었다.

"그럴 리가. 나오야는 학교 다닐 때부터 좀 위험한 아이였으니까, 나는 별로. 단지, 전 남친이 친했어서……."

"전 남친?"

깔끔하게 손톱을 정리한 손가락으로 사진 속에 있는 남학생을 가리켰다.

메이의 옆에 서서 모로즈미와 어깨동무를 하고 있었다.

"이케타니 히로키. 고1 여름 방학 때 사귀기 시작했어."

캇페이는 재빠르게 메모했다.

"그럼 하루나랑 모로즈미는……."

"아무 사이도 아니었을 거야. 살아있을 때는."

"그게 무슨 말이지."

의미심장한 메이의 말에 목소리가 잔뜩 낮아졌다. 메이는 말하기 껄끄러운 표정으로 대답했다.

"나오야가 하루나의 자살이랑 어떤 연관이 있다는 건 오해야. 나오야는 아무 상관도 없어. 다만……"

화려한 하얀 손으로 카페 라떼가 든 종이컵을 꼭 쥐었다.

"다만, 자살한 후에는 관련이 있어."

"자살 후?"

그녀는 고개를 끄덕이며 쥐고 있는 종이컵에 이마가 닿을 듯 고개를 푹 숙였다.

"일부러 그런 게 아니야. 믿어줘……."

"뭐가 있었던 거야."

매섭게 추궁하는 캇페이의 말에, 그녀의 목소리가 떨렸다.

"……유서, 발견했어."

"무슨 말이야, 그게."

놀랄 정도로 차가운 목소리가 나왔다.

본인의 목소리라고 깨닫기까지 조금 시간이 걸렸다.

그 정도로 머릿속이 혼란스러웠다.

구직 활동 중이던 어느 날, 갑자기 경찰서에서 전화가 왔다. 서둘러 뛰어간 병원. 전철에 치여 찢긴 시체. 착란 증상을 보이는 엄마와 망연자실한 아빠. 무슨 상황인지 이해

하지도 못하고 뜬 눈으로 지샌 밤과 장례식.

메이를 비롯해 친구들이나 학교의 관계자들에게 묻고 물어도 자살의 원인은 밝혀지지 않고, 슬픔은 영원히 출구를 찾지 못한 채 미로 속에 남겨져 있었다.

괴로웠고 또 괴로웠다.

4년이 지난 지금도 아직 감정이 정리되지 않았다.

이유를 알고 싶다고…… 내가 할 수 있는 것은 아무것도 없었을까 하고.

항상 머릿속에서 그것만 생각했었다.

"무슨 말이냐고!!"

캇페이는 자리를 박차고 일어나 언성을 높였다.

가차 없이 분노하는 캇페이의 목소리에 메이는 어깨마저 떨려오기 시작했다.

"미, 미안……."

반사적으로 사과하고 종이컵을 꽉 쥔 채 몸을 웅크렸다.

피해자처럼 행동하는 그 태도에 점점 더 화가 났다.

"?"

끓어오르는 분노에 눈앞이 어지러워져 재차 입을 열려고 하는 그 순간.

손목에 생각지도 못한 온기가 전해졌다.

"캇페이……."

높고 맑은 목소리로 이름을 불려 깜짝 놀라 내려다보니 유아가 양 손으로 캇페이의 손목을 붙잡고 있었다.

내려다본 유아의 얼굴은 겁에 질려 있었다.

다 큰 어른의 분노를 목격하고 두려워하고 있는 것이다.

그러나 손목을 붙잡고 있는 작은 손에는 힘이 잔뜩 실려 있었다.

유아는 자신을 쳐다보는 캇페이에게 크게 고개를 저어 보였다.

안 돼, 하고 제지하는 것처럼.

그와 동시에 주위 소리가 들려오기 시작했다.

주변을 보니 가게 안에 있던 사람들이 놀란 눈을 하고 캇페이를 쳐다보고 있었다.

"……."

정신을 차린 캇페이는 깊게 한숨을 쉬고 분노를 가라 앉혔다.

"……미안하다……."

작게 말하고는 자리에 앉았다.

메이가 얼굴을 들어 고개를 저었다.

"아, 나도, 미안, 정말……."

"정말 그렇게 느끼고 있다면 그 유서를 지금 당장이라도 보여줘."

"……응."

그녀는 작은 숄더백에서 수첩을 꺼내 여러 번 접은 종이를 소중하게 꺼냈다.

수업 필기용 노트에 쓴 것처럼 보였다.

"학교 사물함에 넣어놓은 파일 속에 있던 걸 발견했어. 3년 전, 고1 종업식 날에."

"종업식……."

하루나의 자살은 10월이었다. 자살 반년 후라는 뜻이다.

메이는 변명하듯이 덧붙였다.

"자살하기 전에 넣어놓은 거 같은데…… 나, 파일을 살펴볼 생각을 계속 못 했어서."

캇페이는 건네받은 종이를 신중하게 열어보았다. 순간, 얼룩을 발견하고 심장이 쿵 내려앉았다.

그 색은 피 얼룩이 틀림없었다.

(하루나의 피인가…?)

상상하는 것만으로도 심장이 빠르게 뛰었다. 종이에는 의심의 여지가 없는 여동생의 글씨로 많은 글이 적혀 있었다.

3일 전 하교 길에 모르는 남자의 습격을 받았다는 것.

누구에게도 말할 수 없어서 괴로웠고, 죽을 수밖에 없다는 결론을 내렸다는 것.

절절히 호소하는 내용은 다음 글로 마무리 지어졌다.

[가족을 슬프게 하는 게 마음에 걸리지만, 어떻게 해도 가족들에게 말을 못 하겠습니다. 이 이상 상처 주고 싶지 않으니까. 부디 이것만은 절대로 말하지 말아줘. 특히 엄마한테는 절대로. 절대로 말하지 마.]

"……크윽."

비통한 문장에는 죽음에 다다르기까지의 고뇌가 담겨 있어 눈이 뜨거워졌다.

캇페이는 입을 다문 채 종이를 접었다.

옆에 있던 유아가 종이를 보고 말했다.

"그 피는 누구 피야?"

(…….)

유서의 내용에 슬퍼하고 있던 머리가 그 순간 현실로 돌아왔다.

그러고 보니…….

하루나는 전철에 뛰어들어 죽었다. 그 전에 메이에게 유서를 남겼다면 피가 묻어 있을 리가 없다.

"누구의 피지?"

거듭되는 질문에 메이는 시선을 피하듯 눈을 감았다.

"나……, 그거 읽고 너무 분해서…….."

때마침 유서를 발견한 종업식 직전, 동일범의 소행으로 보이는 폭행 사건이 또 벌어졌던 참이었다.

메이는 그 사실에 격노했다.

하루나는 스스로 목숨을 끊을 정도로 괴로워했다. 그러나 범인은 붙잡히지도 않고 유유히 생활하고 있다. 어쩌면 다음 범행 상대를 물색하면서.

"나, 그게 어떻게 생각해도 용서가 안 돼서, 내가 붙잡 겠다고까지 생각해서……."

"그래서?"

"하루나의 복수를 하고 싶었어! 적어도, 범인을 붙잡아서 감옥에 쳐 넣고 싶어서……"

메이는 침을 꿀꺽 삼키고 떨리는 목소리로 말했다.

"협력해달라고 히로키한테 부탁했어. 그랬더니 히로키도 적극적으로 그러자고 했고, 나오야와 다른 아이들한테도 부 탁했어……."

봄 방학에 모두가 모여 강간마의 포획 작전을 세워, 신학 기가 시작되자 실행에 옮겼다.

미끼 역할이던 메이는 매일 같이 인적이 드문 밤길을 걸 어다녔고 히로키를 포함한 남자 아이들이 멀리 떨어진 곳에 서 메이를 지켜보았다. 며칠간은 성과가 없었지만, 일주일 정도 지났을까, 드디어 범인이 모습을 나타냈다.

"뭐라고?!'

캇페이는 자기도 모르게 테이블 위로 몸을 내밀었다.

메이는 고개를 끄덕였다.

"눈만 내놓은, 방한모라고 하나? 그거 뒤집어쓰고 있어서 처음에는 얼굴이 안 보였어. 근데 히로키랑 아이들이 뛰어 나오니까 엄청나게 당황했고⋯⋯ 그 사이에 내가 그 방한모를 벗겼어."

"얼굴, 본 거야?"

"봤어. 근데 결국 놓쳐버려서⋯⋯."

캇페이는 바로 수첩을 열었다.

"어떤 사람이었어?"

"본 적 있는 사람이었어."

"뭐⋯⋯?"

"나 그때, 동네 술집에서 서빙 아르바이트 했었는데 그 가게에 종종 다메사카랑 같이 술 마시러 오는 사람이었어."

"다메사카랑 아는 사이인가."

의외의 증언에 캇페이는 머릿속에서 한 사람이 떠올랐다.

"그래서, 그 상태로 다메사카네 집에 쳐들어가려고 했더니 바로 앞에 있는 편의점에서 다메사카를 발견해서, 다 같이 다메사카한테 갔어."

"⋯⋯그래서?"

국도 근처 편의점의 주차장에서 담임을 맡고 있는 반 아이들에게 둘러싸인 다메사카는, 처음에는 시치미를 뗐다. 그러나 혈기 왕성한 정의감에 취한 고등학생들의 지탄에 곧 사실대로 불었다.

"그 자식, 노름에 월급 다 쏟아 부어서, 틈만 나면 그 강간마한테 돈 빌렸었대. 근데 여학생들의 통학로나, 부 활동이나 학급 회의로 하교 시간이 늦어지는 요일 같은 걸 알려주면 이자를 싸게 해줬대."

보잘 것 없는 사건의 진상에 캇페이는 주먹을 쥐었다.

"나쁜 자식……."

"내가 용서 못 한다고 말하니까 히로키랑 다른 아이들이 다메사카를 때리려고 했고……. 그 녀석은 차로 도망치려고 했는데……"

천천히 얼굴을 들어 메이는 힘없이 웃으며 말했다.

"앞도 안 보고 차도로 나갔다가 달려오는 트럭이랑 충돌했어."

"……."

캇페이는 깊게 한숨을 내쉬었다.

그러나 설교는 꾹 참았다. 만약 그때, 그 자리에 있었다면 어린 고등학생들과는 다른 행동을 했을 것이라는 자신이 없었다.

"그 피는 다메사카의 피인 거냐?"

마지막으로 확인하자 메이는 고개를 끄덕였다.

"평범하게 물어도 도통 말을 안 해서 나오야가 몇 번이나 때렸어. 나는 그 얼굴에 유서를 들이밀었어. '똑바로 봐!' 하면서."

그러나 그 후, 도망치려는 다메사카가 눈앞에서 사고를 당하자 고등학생들은 제정신으로 돌아왔다.

"우리 때문에 사고 난 거라고 알려지면 경찰에 붙잡힐지도 모른다고 누군가가 말해서…… 다 같이 도망쳤어."

메이는 깔끔하게 정돈된 양손으로 얼굴을 감쌌다.

"나는…… 나 때문에 사람이 죽은 게 너무 무서워서……. 유서 보여주는 것도 무서워져서…….미안……."

"……."

한동안 입을 닫고 접힌 종이를 바라본 뒤 캇페이는 스마트폰을 꺼냈다.

"강간마, 혹시 이놈이야?"

죽은 오기와라 테츠지의 사진을 보여주었다.

스마트폰을 뚫어져라 보던 메이는 "앗" 하는 소리를 냈다.

"맞아맞아, 이 사람! 틀림없어."

"고마워. 도움이 됐어."

간결하게 마무리하고 자리에서 일어섰다. 쟁반을 정리하자 메이가 입을 열었다.

"저기, 나오야는 무슨 짓을 한 거야?"

"수사 중이니까 말 못 해."

"그렇구나."

그녀는 기억을 더듬듯이 덧붙였다.

"그 녀석…… 점점 학교 안 오게 됐어. 반년 정도 지나고 무슨 문제 일으켜서 퇴학당했다는 이야기는 들었어. 그래도 히로키랑은 지금도 연락하는 사이래."

아는 대로 이야기한 후 잠시 시간을 두고 메이가 물었다.

"……나, 자수하는 게 나을까?"

"마음은 가벼워질 거라고 생각해."

"……그렇지. 생각해볼게."

포기한 듯이 대답하고 후련해진 얼굴로 "그럼 안녕." 하며 손을 흔들었다.

"……메이."

캇페이는 가게를 나서는 메이의 뒷모습을 보며 불러 세웠다.

"유서에 대해서 부모님한테는 말 안 할 테니까."

하루나의 바람을 지켜주고 싶다. 동시에, 자살의 원인으로 고민하는 부모님의 걱정을 덜어주고 싶다.

그 두 가지를 동시에 이룰 수 있는 중간 지점을 찾을 것이다.

"하루나가 그 사건이랑 관련이 있었을지도 모른다는 이야기를 들었다고 하는 그 이야기만 할 거니까."

"……."

"만나러 다녀와줘."

하루나와 보낸 시간, 추억을 없었던 일처럼 꽁꽁 닫아두지 않았으면. 부디 가족들과도 공유해주었으면 싶었다.

그런 마음을 담은 부탁에 메이는 금방이라도 울 것 같은 얼굴로 미소 지었다.

"……그럴게."

메이와 헤어진 뒤 캇페이는 수첩을 펼쳤다.

"이케타니 히로키……."

새롭게 등장한 관계자. 이야기를 들어볼 필요가 있을 것 같다.

다리 근처에서 유아가 올려다보았다.

"그 사람, 어디 대학이야?"

"아……."

메이, 하루나와 동갑이라면 아직 학생일 것이다. 그러나 물어보는 것을 깜빡했다.

유아는 메이가 사라진 방향을 눈으로 좇고 있는 캇페이를 따뜻하게 바라보았다. 그 눈빛에는 어딘가 "이 사람은 참……." 하고 말하고 있는 듯 했다.

"케이난 대학이면 이것저것 연결되네."

"케이난 대학?"

피가 끓어올랐다. 오기와라 테츠지가 근무하던 곳이다.

"오, 나도 지금 딱 그 말하려고 했어."

어른의 관록을 보여주려는 듯 캇페이는 센 척을 해보였다.

그 순간.

"어라? 유아?"

시야에서 사라진 유아를 찾아 둘러보다 보니 사람들 속 어
디선가 "여기!" 하는 목소리가 들렸다.

"어디야, 유아?"

"여기……!"

멀어지는 목소리를 필사적으로 좇으니 인파에 휩쓸리는
작은 손을 발견했다. 그 손을 붙잡아 아슬아슬하게 끌어당
겼다.

"갑자기 없어지지 마!"

"미안……."

몹시 놀라 눈동자를 굴리는 유아의 모습에 먼 옛날, 하루
나와도 이런 일이 있었던 것이 떠올랐다.

"……도서관으로 갈까."

"응."

작은 몸을 길 안쪽으로 세우고는 손을 잡고 걸었다.

슬슬 해가 지기 시작하는 시간. 혼잡한 길을 천천히 걸으
며 캇페이는 손목시계를 보았다.

"폐관 시간쯤에 도착할지도 모르겠다."

스마트폰을 꺼내 도서관에 전화를 걸어 야에코에게 지금 도서관까지 배웅한다고 전했다. 전화를 끊자 순간 의문이 들었다.

"그러고 보니, 니시즈카 씨는 항상 스케치북에 뭘 그리고 있는 거야? 전에 만화처럼 컷 나누는 걸 언뜻 본 것 같기도 한데."

"그건, 미스터리 작품을 소재로 한 만화래."

"흐음."

"나중에 컴퓨터로, 제대로 만화로 만들어서 인터넷에 올릴 거래."

"흐음. 대단하네. ……그 분 몇 살이야?"

"나이? 음……, 몰라."

"모르는 구나. ……그렇겠지. 나도 할머니 나이 모르는걸."

"엄마가 지금 33살."

"뭐!? 그럼…… 역시 겉으로 보이는 것보단 많으려나……."

"할머니, 세상에는 좋아하는 책이나 영화가 많아서 매일 행복하니까 나이를 안 먹는대."

"그건 부럽네."

"요즘은 셜록 홈즈 드라마에 빠져서 매일 봐."

"홈즈……. 이름은 들어봤는데 본 적은 없네."

"진짜? 되게 재미있어."

"그렇겠지. 다음에 읽어볼까."

"그럼 제일 재미있는 편 알려줄게!"

"어, 고마워."

"응!"

크게 고개를 끄덕인 유아는 캇페이의 손을 잡은 채로 방방 뛰었다.

그렇게 한동안 즐거워 한 뒤 슬쩍 입을 열었다.

"……캇페이."

"응?"

"이것저것 알게 돼서 다행이네."

"아, 다행이야. 맞아. 유아 덕분이네."

"뭐가?"

"고마워."

"응……?"

고맙다는 말을 별로 들어본 적이 없는 것인지, 유아는 얼굴이 빨개져서 "대단한 것도 아닌데……." 하며 머뭇거렸다.

꽉 쥐어진 작은 손의 온기로, 과거의 기억이 부드럽게 떠올랐다.

그리운 기억과 함께, 4년이나 가슴 속에 얼어붙어 있던 후회와 한이 조금은 녹아드는 것이 느껴졌다.

에필로그

||||||||||||||||||||

결론부터 말하자면 유아의 예상은 적중했다.

사정청취에서 이케타니 히로키는, 고등학교 졸업 후 케이 난 대학에 진학해 오기와라를 보자마자 그의 정체를 알아차 렸고 모로즈미와 만났을 때 그 이야기를 했다, 고 증언했다.

도망갈 곳이 없어진 모로즈미는 그제서야 조금씩 진술하 기 시작했다.

진술에 따르면 이케타니에게 오기와라의 이야기를 들은 모로즈미는 부녀자 연속 폭행 사건의 피해자 유족인 것처럼 오기와라에게 접근해, 1년 가까이 협박하며 돈을 뜯어냈다 고 한다.

그러나 1개월쯤 전에 상황이 역전되었다.

모로즈미는 가사이와의 트러블로, 동료와 함께 과도한 폭 행을 휘둘러 가사이를 숨지게 했다. 그리고는 날이 밝기 전 시체를 버리기 위해 오기와라에게 차를 가져오게 하였다. 그 러나, 전화에서 느껴지는 수상한 모습을 의심쩍게 생각한 오 기와라가 시체를 묻는 현장을 찍은 것이다. 흥분 상태에 있 던 모로즈미와 그 동료들은 차에 있던 시계가 카메라라는 것 도, 가사이의 시체에서 카드 지갑이 떨어진 것도 알아차리지 못했다.

　차 안에 남겨진 카드 지갑과 영상으로 사정을 파악하고 모로즈미의 약점을 쥐고 있던 오기와라는 돈을 주지 않겠다고 거절했다. 그것이 공원에서의 말싸움이었다.

　오기와라가 비밀을 누설할 것이 두려워진 모로즈미는 7월 4일 밤, 오기와라가 집에 혼자 있는 것을 확인하고 숨어들어가 살해하고, 협박해서 알아낸 비밀번호로 노트북과 스마트폰에 저장되어 있던 데이터를 삭제했다. 그리고 감시카메라와 함께 손목시계, 지폐 등을 훔쳐 강도의 소행으로 위장했다.

　이것이 오기와라와 가사이, 둘의 살인 사건의 전말이었다.

　"안녕하십니까!"

　캇페이는 오늘도 바깥을 향해 열려있는 나무 문을 지나 활기찬 목소리로 인사했다.

　그러자 여느 때처럼 스케치북을 펼치고 있는 야에코가 활짝 웃으며 맞아주었다.

　"안녕하세요. 어서 와요."

　그 상태로 접수 카운터를 지나치며 불현듯 물었다.

　"셜록 홈즈 만화 그리고 있는 거예요?"

　캇페이의 돌직구에 야에코는 웃으며 얼굴이 빨개졌다.

"언제, 앗, 아니, 그게…… 지금은 아르센 루팡을……."

"루팡이라면 그 만화의 루팡?"

"만화 말고, 원작이요. 최근 코난 도일이 인기인데 모리스 루블랑도 좋아요. 루팡과 홈즈의 대결은 물론이고 두뇌명석한 미소년 이시도르 군과의 관계성이…!"

처음에는 조심스러웠던 설명이 점점 끓어오르기 시작했다. 그리고, 안경 뒤편의 눈동자를 반짝반짝 빛내는 야에코는 어느 때보다도 젊어 보였다.

(그렇군. 나이 먹지 않는다는 건 이런 걸 말하는 건가…….)

내심 납득하면서 캇페이는 야에코에게 가져온 카레를 건넸다.

도서관은 원래 음식물 반입을 금지했었으나, 캇페이가 빈번하게 카레를 가져오는 탓에 이제는 음식물 반입이 가능하게 되었다.

점심 직전인 이 시간, 음료수를 손에 들고 소파에 편히 걸터앉아 책을 읽는 노인이 3명 정도.

유아는 큰 테이블 주변에 놓인 의자에 앉아 신문을 읽고 있다.

요즘 오픈 스페이스에 나오는 일이 부쩍 잦아졌다.

좋은 변화라며 야에코는 눈시울을 붉히며 말했다.

캇페이도 사건이 해결되었다고 해서 유아를 내버려 두지

않았다.

하루나의 과거와 마주 서서 마무리를 지을 수 있었다. 그 감사와 함께, 여동생에게 좀 더 많은 것을 해주지 못한 아쉬움을 바로 잡는 듯이 짬이 나면 도서관으로 향했다.

캇페이는 카레가 든 비닐을 손에 들고, 테이블에 있는 유아에게 다가갔다.

그러나?

캇페이가 가까이에 있는 것을 눈치 채고 있을 텐데도 유아는 뒤돌아보려는 기색도 없이 가만히 신문을 읽고 있다.

(……?)

유아의 얼굴을 들여다보니 삐친 표정이었다.

"화났어?"

캇페이는 유아 옆에 있는 의자를 빼며 고개를 갸우뚱했다.

최근 특별히 무슨 짓을 한 기억은 없었다.

도움을 청하듯 접수 카운터에 있는 야에코를 쳐다보았지만 그녀는 작은 어깨를 움츠릴 뿐이었다. 미소를 짓는 걸 보니, 심각한 일은 아닌 것 같은데…….

"무슨 일이야?"

재차 물어보았지만 역시 응답 없음.

"……."

"말을 안 하면 모르잖아."

찹쌀떡 같은 볼을 부풀린 채로, 미동도 하지 않는다.

"아, 카레 질렸어? 디저트가 더 좋은가?"

"……."

순간, 그럴 듯한 것이 떠올라 말했으나 정답이 아닌 모양이었다.

유아는 큰 눈으로 흘깃 째려보았다. 그 눈은 "아니야!" 라고 말하고 있었다.

"그럼 뭐야……?"

고개를 이리저리 저으며 생각해보았지만 도저히 모르겠다.

애초에 캇페이에게 있어 8세 소녀라는 존재는 우주인과 같은 것이다. 무슨 생각을 하는지 전혀 알 리가 없다.

"……5일 정도 연락 안 된 것 때문이야? 근데 나 사회인이니까 웬만하면 시간이 없어서. 그리고 나, 원래 매일 연락하는 타입도 아니고. 여자친구한테도 그런 적 없어. ……여자인 친구들이 말도 안 된다고 하기는 하는데 뭐가 말도 안 되는 건지도 모르겠고……."

투덜거리며 끊임없이 혼잣말을 하다가 정신을 차렸다.

"……뭐, 그런 건 아니겠지. 유아도 연락 안 하는걸."

말을 멈추고 살짝 살펴보았으나 역시 아무 반응 없었다.

한숨을 쉬고 캇페이는 자리에서 일어났다.

"어쩔 수 없지. 다음에 올까……."

카레가 든 비닐을 치우려고 하는 순간 유아의 목소리가 낮게 울렸다.

"……도쿄 특허 허가국 허가국장은 자기 직급 말할 때마다 혀가 꼬여서 불쌍하다고 한 거, 뻥이었지."

"응?"

멍하니 대답하는 캇페이에게 유아는 번쩍 고개를 들었다.

"캇페이, 또 나를 속였어."

"엇!"

"특허를 관리하는 기관은 특허청이야. 이제 캇페이가 하는 말 안 믿어."

"잠깐 잠깐. 어? 진짜야? 특허 허가국 아니야?"

생각지도 못한 비난에 앵무새가 말을 따라하듯 대답하자 근처에 있던 노인이 대신 답변을 해주었다.

"아니에요. 옛날에는 특허국이라고 불린 적도 있긴 하지만, '허가'가 붙은 적은 한 번도 없지 않으려나."

"엥……?"

멍해져서 아무 말도 나오지 않았다.

그러자 유아는 눈을 깜빡였다.

"캇페이도 몰랐던 거야?"

"응. 태어나서 25년 동안 특허국, 아니 허가국이라고 믿고 있었어. 혀 꼬였다."

"……그럼 됐어. 용서할게."

놀린 게 아니란 것을 알자 바로 기분이 풀린 듯했다. 말 그대로, 유아는 갑자기 태도를 바꾸었다. 카레를 먹기 위해 신문을 접어 테이블 위를 정리했다.

뭐가 됐든 다행이다.

정리를 도우며 캇페이는 "아 맞다." 하고 말했다.

"유아가 추천해준 홈즈 책, 읽었어. 엄청 재미있던데!"

홈즈에 입문하는 사람에게 딱이라는 그 작품은, 단편집이라 읽기 쉽고 템포도 빨라서 한 번에 끝까지 다 읽었다.

유아는 튀어오르듯이 올려다보며 "진짜?" 하고 물었다.

캇페이는 고개를 크게 끄덕였다.

"응. 또 추천해줄 거 있으면 빌려갈게."

"음……."

유아가 의자에서 뛰어내려 스커트 밑단을 나풀대며 서가로 달려갔다.

캇페이는 카레를 꺼내 테이블에 놓으면서 신문을 슬쩍 쳐다보았다.

"거기다가 매일 이런 저런 신문도 읽고. 유아는 정말 대단하네."

별 뜻 없이 한 말에 유아가 뒤를 돌아보았다.

그 표정을 본 캇페이가 잠깐 숨을 멈추었다.

평소 유아에게서 볼 수 없는 활짝 웃는 얼굴이었다.

(뭔가 특별한 말이라도 했나……?)

그렇게 스스로에게 물어볼 정도로.

무척이나 기뻐서 웃는 얼굴이었다.

유아에게는 슬픈 기억이 아주 많다.

생각하기도 싫지만 잊을 수도 없는 기억들.

(캇페이한테도 있을 텐데…….)

사건이 해결 되었다고는 해도 여동생의 죽음을 파헤치고, 진실을 계속 눈앞에 마주해야 하는 건 괴로운 기억일 것이다.

그런데도 그는 항상 웃으며 말했다.

"유아가 있어준 덕분에 해결했어. 다행이다."라고.

슬픔은 혼자 삭이고, 아무 일도 없었다는 듯 언제나처럼 밝게 행동한다.

(더 강해지고 싶다…….)

아픔을 느끼면 바로 힘을 잃고 틀어박히는 것이 아니라 캇페이처럼, 괴로워도 사람들 속에서 다정한 마음을 전해줄 수 있는 사람이 되고 싶다.

어떻게 하면 되는지 아직 모르지만, 언젠가는 꼭 그렇게 되고 싶다.

조금씩, 스스로의 방법으로.

(나한테도 행복한 기억은 있으니까⋯⋯.)

유아는 옛날, 아빠에게 칭찬을 받은 적이 있다.

"오, 유아. 신문 읽고 있는 거야? 장하네."

아빠는 아무 생각 없이 한 말이겠지.

그러나 유아에게는 그 말이 너무나도 기뻐서 마음속에 남아 있다.

왜냐하면 활발하고, 여러 사람들과 어울려 노는 것을 좋아하던 아빠는 어른스럽고, 혼자 있는 것이 좋은 딸을 어떻게 대해야 할지 몰랐던 것 같으니까.

언제나 딸을 어려워하던 아빠가, 유아의 있는 그대로의 모습을 칭찬해준 것 같아서 기뻤다.

그 후로도 그 말을 또 듣고 싶었던 유아는 매일 같이 아빠 근처에서 신문을 읽었다. 그러나 그 후 얼마 되지 않아, 부모님의 이혼으로 작은 희망이 사라졌다.

그래도 유아는 계속 신문을 읽었다.

기다리고 있던 것이다. 유아를 떠올리고 도서관에 데리러 와줄 날을.

그런 일은 없을 거라고 머리로는 알고 있어도, 마음속 어딘가에서는 절실하게 바라고 있었다.

언제까지고 기다릴 테니까, 데리러 와줬으면.

그런 기대를 버리지 못하고 있던 어느 날, 누군가가 말을 걸어왔다.

"오, 신문 읽는 거야? 아직 어린 데 대단하네."

놀라서 돌아보니 아빠가 아닌 모르는 사람이었다.

모르는 사람인데도 유아에게 햇살처럼 따뜻한 미소를 보여주었다.

밝고 활발한 분위기.

그 모습은, 어딘가…… 유아를 보던 아빠와 닮아있었다.

파트너는 초등학생

2022년 11월 23일 1판 1쇄 인쇄
2022년 11월 30일 1판 1쇄 발행

지 은 이 　히즈키 유우
일 러 스 트 　키노시타 케이코
옮 긴 이 　김해인
발 행 인 　유재옥
본 부 장 　조병권
편 집 1 팀 　김준균 김혜연 박소연
편 집 2 팀 　정영길 조찬희 박치우 정지원
편 집 3 팀 　오준영 이해빈
디 자 인 　이가민
라 이 츠 　김정미 맹미영 이승희 이윤서
디 지 털 　박상섭 김지연 유영준
발 행 처 　(주)소미미디어
등 　 록 　제2015-000008호
주 　 소 　서울시 마포구 토정로 222, 403호(신수동, 한국출판콘텐츠센터)
판 　 매 　(주)소미미디어
제 작 처 　코리아피앤피
영 　 업 　박종욱
마 케 팅 　한민지 최원석 최정연
물 　 류 　허석용 백철기
전 　 화 　편집부 (070)4253-9250, (070)4164-3960 기획실 (02)567-3388
　　　　　판매 및 마케팅 (070)4165-6888, Fax (02)322-7665

ISBN 979-11-384-3494-2 03830